無名鬼《むめいき》の妻

Yamaguchi Hiroko

山口弘子

作品社

無名鬼の妻／目次

無名鬼の妻

プロローグ

戦後の日本に、海軍将校であった自分の戦争責任とまっすぐに向き合い続けた村上一郎という男がいた。戦後、ジャーナリスト、編集者として活躍し、思想家であり、文芸評論家で、小説も書き、日本の古典と詩歌をこよなく愛した歌人でもあった。

マイナーな文人だった村上一郎は、三島由紀夫の衝撃的な自決の際、三島に激賞され共鳴しあった存在として突然マスコミにクローズアップされたが、その前後十年間、彼は躁鬱病に苦しみ続けていた。三島の死の五年後、彼は生涯愛した日本刀で頸動脈を切って死んだ。

村上一郎には、海軍将校だった若き日にめぐりあい、彼の純粋さを愛し、功利に疎い不器用な生き方を支え続けた妻がいた。彼女は夫の度重なる失職や病気にも、ぴったりと寄り添いながら、内助だけに甘んじることなく、自己実現を目指し、人形作家になった。

村上一郎の死後、彼女は短歌に目覚め、人形と短歌を支えに、波乱の多い後半生を生き抜き、二〇一七年三月に九十三歳になる。

これは、長谷《はせ》えみ子という、老いてなお、凜と美しい女性の生涯の記録である。

私は長谷えみ子と、「りとむ短歌会」の湘南地区の勉強会で出会った。当時「りとむ」全体の世話役のような存在だった加納亜津代に誘われ、律の会と名付けられた湘南地区勉強会に私が参加するようになったのは、一九九四年、発足と同時に短歌会に入って二年後だった。

その当時、えみ子は再婚した夫君と熱海の温泉つきのマンションで穏やかに暮らしていた。七十代初めだったが、いかにも品の良い美しい女性で、控えめな物腰と優しい声音が魅力的だった。それでいて、私は最初、近寄りがたい気がしたのを覚えている。

日本伝統工芸展に出品するほどの人形作家だということも、その頃ちょうど創作人形作りを習い始めていた私には驚きだった。工芸展の案内を貰い、デパートに見に行って、圧倒された。「良夜」と題された創作人形は、鹿鳴館の時代の衣装(といっても、とても地味な女官風な)の、束髪の中年女性だった。黒漆の台に置かれているだけだが、華やかな舞踏会からふと逃れ、庭で月光を浴びながら虫の声に耳を澄ましているように見えた。少しでも人形作りを習っていたおかげで、仰向いた顔や指先の表情まで、どれほどの手間と技術が注がれているかよく分かった。髪にさした螺鈿《らでん》の笄も、手にした小さなビーズのバッグや、針の先ほどの緑の石を嵌《は》めた指輪も、房の付いた扇もすべてが精緻な手作りだった。そして人形の気品は、紛うことなく、その作者のものだった。

「長谷さんって、ほんとに素敵な方ね」

美しい先輩に憧れる女子学生のように、私は仲間と言い合った。

だが、私が彼女と本当の意味で出会ったのは、二〇〇二年、「りとむ」誌上で「りとむの歌人たち」という連載が始まることになり、第一回に取り上げる長谷えみ子を書くよう指名されたからだった。

私に書けるのだろうかと心細く、そわそわしながら執筆のためのインタビューに、えみ子がその前年ひとり入所した伊豆多賀のケアハウスを訪ねた。それは梅雨入り前の日差しの眩しい六月初めだった。「長谷《はせ》えみ子」は旧姓長谷《ながたに》を音読みにした歌人名で、戸籍上の名ではないが、この本では私が知り合ったこの名前で通したい。なお引用する文中では本名「栄美子」の場合がある。

特養に併設された、自立できる高齢者のための軽費老人ホーム、ケアハウスは網代湾を見下ろす緑濃い丘の中腹にあった。広いトイレとミニキッチンの付いたゆったりした自室に通され、半日たっぷり話を聞いた。

「なんでもお話ししますから、ご遠慮なく」

何度も「ご遠慮なく」と言われたほど、最初、私は遠慮していたのだろう。それまでに、えみ子が戦後の文人で自殺した村上一郎の未亡人だということや、その後の人生の変転は、支部の仲間から輪郭くらいは聞いていた。懇望されて再婚したのに、三度の大病の看護をさんざんした挙句、ご主人が老いると子ども達に追い出されるように離婚したという噂に、憤慨し同情しながらも、苦労が少しも表に出ず、いつもおっとりと、たおやかなたたずまいでいることに感心していた。だから、彼女の複雑な過去に立ち入ることへの遠慮やためらいは、当然、あったのだ。

話を聞くほどに、私はえみ子の私生活をどのくらい書くべきか思案に暮れた。村上一郎の資料を借りて帰り、さらに何度も電話で話を聞いたが、結局、村上一郎にはほとんど触れず、えみ子の短歌を軸にして原稿用紙十四枚ほどのその原稿を書いた。その間に、親子ほど歳の差があったからこそ生まれた親愛が深まり、信頼関係が結ばれたと思う。

「りとむの歌人たち① 長谷えみ子——いまは〈晩晴〉を祈って」の原稿は、発行人三枝昻之に「第一回に相応しい」と言われ、どんなにほっとしたことだろう。そして、私には、激動の昭和を苦労の絶えぬまま生き抜いた女性への敬愛の念が深く残った。私自身はとっくに人形作りから離れてしまっていたから、情熱を失わずケアハウスでも人形制作を続ける姿勢にも、感心せずにいられなかった。

それからは折りに触れ電話や手紙で連絡を絶やさぬようになった。律の会のために月一回は湘南まで出てきていたえみ子が、だんだん出席が大変になってからは、年に何度か熱海で会うようになった。律の会の仲間にも声をかけ、賑やかに食事とお喋りを楽しんだり、年に一回は熱海や湯河原に安い宿を取り、歌会をしたり、歌仙を巻いて遊んだりもした。

いつのまにか十年ほどの歳月が流れた二〇一二年の春、私の夫が急逝した。緊急入院して二週間足らず、まだ仕事も現役だったのに、七十二歳になる直前、間質性肺炎の急性増悪であっけなく逝ってしまった。ただ茫然と過ごしていた私に、ある晩、えみ子から電話があった。

「今、どんなに胸が痛いか、よく分かりますよ。どんな小さなことでもいいのよ。誰かに何か話したくなったら、いつでも電話してくださいね」

えみ子は最初の夫、村上一郎を自殺で喪っている。引き裂かれるように別れた二度目の夫とは死に目にも会えなかった。そのえみ子のいたわりが、どんなに私の胸に沁みただろう。その夜から、さらに絆が深くなったと思う。

翌二〇一三年の晩夏の早朝、九十歳のえみ子は沸騰したばかりのティファールのポットを持ったまま転倒して頭を打ち、熱湯を吸った絨毯の上に倒れて、背中に深い火傷を負った。数日後に会う約束をしていた亜津代と私は、火傷で入院と聞き、熱海の病院に飛んで行った。最初びっくりした、首筋はじめ見える部分の赤紫の火傷はむしろすぐ癒えた。入院は一カ月ほどだったが、肩から背中にかけて皮膚移植を検討されたほどの火傷がケロイドになり、いまもその周辺の痛みは消えず、鎮痛剤が欠かせない。亜津代は何度も言った。

「九十のひとがあれだけの火傷をしたら、普通、復活できないわよ。あの方の気力は凄いわ。リハビリに夢中になれるなんて、ほんとに偉い。立派よねえ」

火傷から半年ほどたって、えみ子の見舞いに行った帰り、亜津代は私を焚きつけたのだ。

「長谷さんから昔のお話を聞いて、書いておくのはあなたしかいないわ。村上一郎のことも、長谷さんだけが知っていることが沢山あるはずよ。聞けるだけのことを聞いて書いておくべきよ。ずいぶんお元気になられたし、あれだけしっかりしていらっしゃるから、今ならお話を聞けるでしょ。あなたになら、話してくださるわよ」

ケアハウスで暮らしているえみ子が、通院のほか週二回リハビリ施設に通うのは経済的にも負担なのだが、やればやっただけ効果の分かるリハビリは、疲れはしてもとても楽しいという。むしろ、新しい生きがいになったようにさえみえる。とはいえ、高齢である。「お元気なうちに聞けるだけ聞いて、書いておくべき」という亜津代の言葉は、ずっしり重い。

夫が急逝したとき、六十五歳だった私は、一人で生きてゆく時間を思って途方に暮れた。

半年ほどはテレビの前でぼうっと過ごした。短歌の仲間に助けられていたけれど、短歌には打ち込めずにいた。基本的に一人称の短歌は自分から離れられない。私はむしろ自分から離れていたかった。ふと思いついてカルチャーセンターの小説講座を受講することにした。想像を形にして短編にまとめることは、予想以上に面白く、文章を書くのが楽しみになっていた。

だからといって、私にえみ子の人生を書けるだろうか。見当もつかなかったが、過去を語って欲しいとためらいながら頼んでみると、気持ちよく承諾してくれた。

「なんでもお話ししますよ。でも、わたくしのためではなく、あなたはあなたのために書いてね」

そして、こうも言った。

「村上一郎という名前を思いだしてくださる方がいたら嬉しいけれど……。わたくしもいろいろなことをどんどん忘れていますから」

書ける自信などなかったが、話を聞きに通うことで、えみ子が火傷の後遺症の痛みを少しでも忘れられたらと願わずにいられなかった。疲れ、元気がないように見える日も、過ぎ去った日々を話すほどにえみ子の目は輝き、明るく若返る。その事実に励まされ、私はせっせと伊豆のケアハウスまで話を聞きに通った。なんとかそれを原稿にしようという目標が、脱稿までの一年半、私の支えでもあった。

ケアハウスに泊まり込んだことも二回ある。立派なゲストルームなど設備は完備しているのだが、泊まるとケアハウスの職員の負担が増えることが分かってからは、日帰りにした。私が最初に訪ねた頃から十年以上過ぎ、経営組織が代わっていた。自立して日常生活ができることを前提とするケアハウスに入所した人達は、年を重ねるほどに老いてゆくが、職員は減っていた。えみ子が出来る限り職員に迷惑をかけないよう気を遣って暮らしているからであろう。顔なじみになった職員は優しく、笑顔で「またいらしてくださいね」と言ってくれたが、ぎりぎりで仕事を回しているその人たちに迷惑をかけたくはなかった。

えみ子から多くの資料を借り、図書館に通い、自分でも資料を集めた。アマゾンで古本を買い漁るのも新鮮な喜びだった。ただ、村上一郎の著作、特に評論の難解さに悩みに悩んだ。正直な話、小説も読みやすいとはいえないが、評論は〈社稷《しゃしょく》〉〈湊合《そうごう》〉などという初めて見た言葉に戸惑い、そういう凝った漢語の多い難しい文章が頭に入って来ず、ページを閉じたことが何度もあった。

「躁のときは、それはもうおそろしい勢いで書くでしょう、文章も上ずって、はらはらしました。躁のとき、熱に浮かされたように雑誌に書いたものは、わたくしが目を通して、過激な文言を直してもらったくらいなのですよ」

それでも火を噴くような激しさと熱は、格調高い文章からにじみ出ていた。そうした文章に出会ったとき、思い出すえみ子の言葉があった。

「わたくしはね、あのひとが自分のために書いたのではない、原稿料のために子供や若い人向けに書いた本が好きなんですのよ。天邪鬼なのね」

意外にも、彼女は夫の著作をいつも醒めた目で見ていたのだ。

三島由紀夫が激賞したという『北一輝論』や、自死の前に書かれた『草莽論』など、いまでもごく少数の熱狂的な愛読者がいる本は躁のとき書かれている。えみ子が難解さと文章の熱に困惑したというそれらの本は、私にも解り難かった。

『撃攘《げきじょう》』という、生涯たった一冊の大判の歌集も私はネットで入手して読んだ。

「わたくしは、あのひとの打算のない、純粋な生き方が好きだったの。あのひとに、自分の生き方を通させてあげたかったの」

夫の度重なる失職や病気、世の荒波、十年の躁鬱病、その苦労に苦労を重ねた年月を語ってくれたなかで、えみ子から何度か聞いた言葉がある。

「わたくしがこのひとを支えなければ……それだけで必死だったのね」

それほどに、えみ子の愛した村上一郎を理解したくて、三時間も座って難しい文章と向き合っていると、血圧が上がった。

じゅうぶんには理解も出来ぬまま、ノンフィクションとして書いてみようとか、小説に仕立ててみようとか、私は悪戦苦闘をくり返してきた。そして、辿り着いたのが、私の出会った長谷えみ子をそのまま書こうということだった。最初に「りとむの歌人たち」で出会ったころより、ずっと深く知り合い、何倍、何十倍も多く話を聞いている。それを書こう。私は短歌を通してえみ子と出会ったし、村上一郎の仕事で私なりになんとか理解できると思えるのは短歌関係だ。それでいいことにしよう。

では、私の出会った長谷えみ子を、彼女から聞いた話をここに残そう。

＊

武蔵野市吉祥寺の静かな住宅地、すずかけ小路の自宅の門の前に制服の巡査が二人立っているのを見たとき、えみ子は恐れ続けていたことが起きたのを悟った。

一九七五年（昭和五十年）三月二十九日。その日を、村上一郎の妻、九十歳を越えたえみ子は淡々と語った。

「死んでしまった、止められなかった。目の前が真っ暗になりました……でも、ああ、これで終わったとも思いました。もうこれ以上苦しまないで済む、とも」

文芸評論家で歌人、村上一郎の自死は日本刀による右頸部切断であった。十歳の誕生日、母から備前長船の銘刀を与えられて以来、五十四歳の自死まで、彼は生涯、日本刀を愛していた。自死に使われたのは刃渡り八十六センチ、武蔵大掾《だいじょう》忠廣《ただひろ》の直刀で、「これは大した刀じゃないよ」と言いつつ研ぎに出したり、大事に手入れをしていたものだった。

「あの日、最初はわたくし、村上に会わせてもらえなかったのよ。奥さんは見ちゃいけませんって、台所に押し込められてしまって」

夫は、書きものをしていた六畳で、正座のままうずくまるように死んでいたという。ぐっしょりと血を吸ったカーペットの上で、安らかな顔で。

「でもね、いまになって思うと、村上はあのとき死んで良かったと思うのです。いまの世の中では、辛くてとても生きてはいけなかったでしょう。あのひとは、あのときでなくても、いつか自殺するしかなかったと思います。自殺しなければ……」

ふと、絹糸のような銀髪の頭をかしげ、えみ子は微笑んだ。

「わたくしがあのひとを殺して、自分も死んでいた……かもしれません」

えみ子が、伊豆多賀の緑濃い丘の中腹に建つ、ケアハウスに入所したのは二〇〇一年である。十畳ほどのワンルームの、観葉植物の鉢の並ぶベランダからは網代湾が見える。

村上一郎の大きな写真が本箱の上に立てかけられている。雑誌「磁場」の村上一郎追悼号の扉に置かれた写真は、一九六四年、躁鬱の波の落ち着いているとき、自宅で一人娘の夫が撮影した。それもあってか、その飾り気の全くない素朴な笑顔は、人望篤い田舎の教師のようだ。

「でも、村上のことを知っている人は、もうほとんどいないでしょう。いま村上のことをお話ししても、興味のある方がいらっしゃるかしら」

三島由紀夫の衝撃的な自決の後、死の直前の三島との交流や、死の直後に書いた三島由紀夫論によって、村上一郎の名は、週刊誌などに奇矯なますらお評論家として喧伝された。その五年後の日本刀による自死であった。

その死からすでに四十年、同世代の評論家であり、ある時期は盟友でもあった吉本隆明はよく知られている。しかし生前の村上一郎の著作を知る人は、どれだけ残っているだろう。村上一郎には生涯に一冊だけの歌集がある。その歌集『撃攘』は一九七一年に思潮社から刊行された。

憂ふるは何のこころぞ秋の涯《はて》はからまつも焚け白樺も焚け

げに花は落つるものなる理《ことわ》りをまひる静かに知るはかなしも

日本が太平洋戦争に突入する直前、二十一歳、東京商科大学（現・一橋大学）当時のこの歌を巻頭におく。巻末には、能の喜多六平太師の死を悼んで詠まれた歌を据えている。

「待ってね、どこに仕舞ったかしら」

えみ子がしばらく探して取り出し、広げたのは一辺が百三十センチの大判風呂敷である。群青の地に筆の字で白く染め抜かれているのは、一郎の愛した寒山の詩句と一郎の号であった。

生キテハ有限ノ身トナリ
死ニテハ無名ノ鬼トナル
罵詈山坊主人

「お葬式のあとで、香典返しに作ったものなんです。いいえ、村上の字ではなかったと思いますよ。歌集の題簽を書かれた磯辺泰子さんという書家に書いていただいたんじゃなかったかしら。でも、細かいことは覚えていないのよ。あのときはショックが大きすぎて……どうしていたのか、記憶が抜け落ちてしまっていますの。周りの方がみんな取り計らってくださいました」

もう、その一枚しか残っていないという風呂敷を畳み直しながら、えみ子は言った。

「そうですね、群青が好きだったのも、歌集の海の意匠も……海軍が好きだったからなのかもしれませんね。海上勤務はしていないのに」

村上一郎関係とラベルを貼った書類箱に、多くの切り抜きやコピーが収められていた。

「昔、ご存知だった方が思い出して下さるなら、嬉しいけれど。いろいろな方が、いい加減なことも書かれていますから、それはお話ししておきたい……ですね」

えみ子は若いころ、暇さえあれば机に向かっていて、現実的な楽しみを求めない夫に「あなたは何が楽しいの」と聞いたことがあった。少し考え、一郎は真顔で言った。

「いいものを書きたい。いいものが書ければそれでいい」

躁鬱病を発症してから十年、一郎は苦しい闘病を続けていた。躁の時は抑制が全くなくなる。ペンはすべり、天馬のように駆けあがり、跳び跳ねるように文章を書き飛ばすが、鬱になると書けないで苦しむ。書かなければという気持ちが強いほど書けなくなるだけではなく、躁のとき書いたものへの自己嫌悪に苛まれるのであった。

三島の死後のマスコミの荒波が、一郎の躁鬱の振幅を更に揺さぶった。三島の死の直後に、激しい衝撃のままに書き飛ばした原稿が荒波の原因になったのは事実であった。一郎の躁鬱は落ち着くかにみえると悪化した。入退院を繰り返し、死の二年前からは一切の職に就かず文筆一本の生活になっていた。

えみ子は本箱の上の写真を見上げた。

「躁鬱病さえなければ……村上は病気の問屋のように何度も何度も病気をしましたけれど、躁鬱病は本当に苦しくて哀しい病気でした」

深々と、ため息が漏れた。

躁鬱病は現在は双極性障害と呼ばれている。村上一郎の場合、鬱状態と激しい躁状態が、症状のない寛解期を挟みながら繰り返したのだった。

一、東監の恋

「東監……とうかんって言ってましたね、その頃」

懐かしそうにえみ子は言った。

一九四四年（昭和十九年）、二人が出会ったのは、東京芝の御成門の美術倶楽部を借りあげた東京海軍監督官事務所、通称が東監である。

昭和十六年、麹町のミッションスクール女子学院を卒業した長谷《ながたに》栄美子（長谷《はせ》えみ子）は、進学を希望したが許されなかった。父は一九二九年以降の昭和恐慌で莫大な財産を失い、一介のサラリーマンになっていた。歳の近い二人の弟が中学生で進学が控えている。えみ子は長女でひとり娘だったが、弟たちの進学が優先されるのは仕方ないと諦めた。もともと、女に学問はいらないというのが長谷家の家風だった。

女子学院で、内気なため一歩引いているえみ子は、思いがけず「お高い」と評されることもあった。本好きな友達ができ、競って読書に耽るようになって、やっと学校が楽しくなり、成績もどんどん上がった。えみ子は自分が勉強好きなことに気づき、もっと学びたい気持ちが募っていった。グループでおしゃべりに興じ、笑い転げるようなことは苦手だった。

女子学院卒業のときの臙脂の表紙の小さなサイン帳が残っている。クラスメートがえみ子に寄せた「美しい」「お綺麗」はひとつずつで、「もの静か」「真面目」「聡明」が多い。

「榮美子さんはしつかりしていらつしやるから、どのやうな将来も、まつすぐ歩いていらつしやるでせう」と書かれたページが眼に残った。

当時のことをえみ子は「りとむ」のリレーエッセイ「酸いも甘いも」に書いている。

「私は弟二人の長女だったので、子供の時からひとりで赤い鳥や小学生全集を読んで過していた。思春期は戦時色の濃い時代だったが、早世した叔父の部屋から様々な文学全集を持ち出して読み耽ったり、友人と競争の様に岩波文庫を濫読した。その中の一冊、ロシアの女性数学者『ソーニャ・コヴァレフスカヤ――自伝と追想』に強く魅きつけられた事が忘れられない。

七十余年前の記憶を辿ると、私が心魅かれたソーニャは偉大な数学者としてではない。秘かに想いを寄せるドストエフスキーには顧みられず、家庭の中でも傷つき乍ら卓越した人間であろうと向上心との間で常に苦しんでいる一人の少女なのであった。(中略)何時となく私は自分の家庭環境を重ねて読んでいたのであろう。」

（「りとむ」二〇一三年七月号）

三月二十日生まれのえみ子は小学校に入学したころは身体が小さく幼かった。自信がなく内気で人見知りが強かった。勝気な母はそんな娘が歯がゆかったのだろう。いつもよく出来る子、明るく活発な子とわが子を比べた。比べられるほどえみ子は萎縮し、ますます内向的になった。

晩年の写真でも、くっきり整った容貌の母は、若い頃は自他ともに認める美人だった。美しい母は、えみ子の弟たちを無条件に溺愛しながら、娘には常に不満だったらしい。当時としては長身に成長し、女子学院でどんなに成績が上がっても変わらなかった。同級生や知人の娘の誰彼と比べ「もっとああなら」「もっとこうなら」と言ったという。それがどんなに娘を傷つけているか、母は気づかなかったのだろうか。

婚姻や養子縁組で複雑に絡み合った一族の頂点に君臨する大叔母、福田マンの命令で、卒業後は、お茶、お花、長唄と毎日お稽古事に通う生活が始まった。日本舞踊は、小学校五年から若柳流のお稽古に通っていたのである。マンは屋敷の一間半幅の廊下を舞台にしつらえ、一族を集めて姪たちの温習会を開くのを楽しみにしていた。

その屋敷は、御茶ノ水駅からほんの数分で、駿河台下へ向かう大通りに面していた。薄鼠色の土塀を廻らせた六百坪の敷地に、洋館とつながる長い廊下に囲まれた古い日本家屋があった。日本郵船の重役の後妻で、三菱系のいくつもの会社の株を大量に持っているマンは、その財力と気性で親族を思うままに支配していた。

屋敷には数人の女中や書生のほかに、自分の相手をさせる友人とも居候ともつかぬ女を常に置いているのが、えみ子には不思議だった。そういう女はときどき入れ替わる。脇息に肘をかけ「おーい」と手を叩いて女中を呼びつける尊大な「おばあさま」は、少女のえみ子には妖怪じみてみえた。

一人息子の月命日の前夜、毎月のお逮夜《たいや》に駿河台の屋敷に親戚一同が集まる。お坊さんが来て経を読み、その後、皆で食事する。その様子をマンはじっと眺めていた。そんなマンをそっと見つめていたえみ子は、たちまち咎められた。

「ひとの顔色を読むのかい。いやな子だね」

マンはひとり息子が早くに病死したため、甥や姪を可愛がり、その子供達に自分を「おばあさま」と呼ばせた。そのころ、お茶の水の主婦の友社が開いていた花嫁学級に、えみ子は週二回、マンの女中の付き添いで通うことになった。

帝国ホテルのシェフがフランス料理を教えたりする贅沢な教室である。その教室で女中に「お嬢さま」と呼ばれて赤面し、えみ子は人前でそう呼ぶことを禁じ、それをマンには内緒にさせた。

帰りには駿河台の屋敷にその日の報告とご機嫌伺いに寄ってからでなくては、牛込の自宅に帰れない。えみ子は嫌でたまらなかった。嫌な花嫁教室に通うのだからと、両親に頼み込んで当時、YWCAのなかにあった日本古典文学教室に行かせてもらった。蜻蛉日記をやった記憶があるという。

生来おとなしく、誰にも優しい父は、昭和の恐慌の時、親譲りの財産を失い、マンのおかげで東芝に入れてもらったこともあり、まったく頭が上がらない。優しい父のためにも、えみ子は表面、従順に過ごすしかない。おとなしく従ってさえいれば、お稽古ごとの費用も出してくれ、望みもしないのに華やかな着物をどんどん作ってくれるおばあさまだった。

えみ子が気の進まぬ花嫁修業の暮らしを始めたその年十二月八日、日本は大東亜戦争に突入する。最初のうちは景気の良い大本営発表で日本は勝っているとばかり思っていたし、日常生活に変わりはなかった。むしろ戦勝記念の花電車が出たり提灯行列があったり、世の中は浮かれていたようだった。

毎年、マンは話相手や女中まで引き連れて伊香保にひと夏、避暑に行った。徳冨蘆花が愛し『不如帰』の舞台にもなった千明《ちぎら》という旅館が定宿で、親戚たちは代わる代わるご機嫌伺いに行くのである。どんなに暑くても、女たちは着物道楽のマンが作ってくれた着物を着てゆく。色白で、当時としては上背もあるえみ子のために、マンが三越で特別に誂《あつら》えた黒字に白鷺の舞う絽の着物をまとうと、人目を集める。それがマンの満足なのであった。

戦局はいつのまにか逼迫していた。若い男はどんどん戦地に送られ、娘たちも労働力として徴用され工場などで働かされるようになる。やがて中学生、女学生も勉強より勤労動員に回された。だが、良家の子女には縁故を頼った徴用逃れの方策があった。えみ子は昭和十八年秋、陸軍と海軍の両方に志願を出し、海軍の方に採用されたのである。海軍の軍需会社を監査する東京海軍監督官事務所の理事生だった。そこは事務所というように、軍需工場の製品を海軍が買い入れる際、価格の適正さを監査などに当る役所であり、軍隊そのものではなく、オフィスだった。

理事生は本来、中学を卒業した男子事務員だったが、その頃、男子はもう少ない。女子理事生はミッション系の女学校出身者が多く、すぐ仲良しになった由里子は雙葉出身だった。入ったばかりの天長節には、理事生はみな袖の長い着物で正装し、海軍の施設とは思えぬ華やかな雰囲気になって、主計士官たちも楽しそうだった。戦局は険しくなっていたが、東京海軍監督官事務所だけではなく、東京には、まだそのくらいのゆとりがあったとえみ子は言う。

最初は緊張したものの、東監勤めはお稽古事の日々より楽しかった。マンを頂点にした封建的な一族の暮らしより、その人々の目の届かない事務所の方がずっと伸び伸びできた。庶務課に配属されたえみ子は、東監の物資の豊かさにも驚かされた。地下に立派な食堂があり、全職員に昼食が供された。食料統制が厳しくなる一方で、普通にご飯が食べられる時代ではなくなっていた。朝が芋や菜っ葉入りのお粥でも、東監では白いご飯が食べられた。

食事だけではない。六畳ほどの狭い倉庫の棚には、もうデパートにもないような洋酒やバター、カニ缶などの贅沢な物資がぎっしり並んでいた。医薬品の棚もあったし、石鹸もあった。真っ白なリネン類がぎっしり山積みされていた。当時はもう手に入りにくくなっていたゴム長靴のピカピカの新品がずらりと並んでいたのが眼に残っている。眼を見張るしかない潤沢さであった。

倉庫は庶務課の管轄で、鍵は古参の下士官が持っていた。中年のその下士官が、気に入った理事生を選んで倉庫へ連れてゆくのは、当の理事生たちの間ではよく知られていた。物資の点検や出し入れを手伝わせ、そのとき気に入りの娘に品物を持たせるのである。

「これをあげよう」

「これを持って行きなさい」

しかるべき家のお嬢さんたちに、当時、貰えば喜ばずにいられないものを手渡し、礼を言われることがその中年の下士官の密やかな満足であったのだろう。

「そのひとのお供で倉庫に連れて行かれました。……ほんとにそれが厭で。もう、厭でたまりませんでした」

触ったり抱き寄せたりというようなことをしたわけではない。ただ、すっと身体を寄せてきた下士官に虎屋の羊羹を押し付けられ「あげるから、ほかのひとに見つからないように」と言われた時、虫酸が走った。

女子学院はプロテスタントの学校で、お祈りや聖句を暗唱させられたが、キリスト教に入信したわけではない。ただ、純潔や謙譲、献身を説く教育に深く感化されていた。中年男と倉庫で二人きりというだけでも厭わしい。そして、えみ子には自分だけ何かを貰うということへの嫌悪感があった。最初は断ることも出来なかった。二度目は断りたいと思っていたのに押し付けられた砂糖を押し返せず、結局は貰ったことになり、屈辱感が残った。三度目に「長谷さん、倉庫に行くから」と呼ばれたとき、思い切って言った。

「あの、ちょっと手が離せません。申し訳ありません」

下士官は一瞬変な顔をし、すぐ別の理事生に声をかけた。二度と呼ばれずに済んだし、以後も別に意地悪をされたこともない。そんな日々にも慣れた翌年三月、海軍経理学校を卒業し、任官して配属された十人ほどの主計中尉のひとりが村上一郎だった。

一九二〇年（大正九年）生まれの一郎は東京商科大学（現・一橋大学）を繰り上げ卒業し、海軍主計科短期現役を志願した。盧溝橋事件ののちシナ事変（日中戦争）に突入した日本はひたすら軍備拡大を急いだ。海軍主計科短期現役という制度は、経理や庶務を担当する主計士官の需要拡大に応じて昭和十三年に作られた。法経系大学卒業者が試験に受かりさえすれば、海軍経理学校でわずか一カ月の教育と五カ月の訓練で海軍中尉に任官できるものだった。すぐ士官になれ、短期間で現役を修了できるこの制度は、地を這う兵隊生活を避けられない陸軍に比べ、高等教育を受けたエリートには快適な待遇だった。

とはいえ戦争がもはや劣勢を隠せぬこの時期、海軍経理学校を卒業すればすぐ、南方の決戦場に赴任してゆく者も、艦船に乗り込む者も、各地の航空隊の庶務主任になってゆく者もいた。戦死を覚悟して海軍に志願した村上中尉が、軍隊というよりオフィスというべき場所に配置された悔しさと申し訳なさを胸に秘めていたことなど、むろん、そのときのえみ子は知る由もなかった。


東京海軍監督官事務所で、一郎は最初、鉄鋼関係だったが、まもなく電機班になった。この時世でなければ銀行員や官吏、ビジネスマンになる主計士官たちはスマートで人当たりもよく、お嬢さんばかりの理事生には優しく接する者が多い。えみ子の直属の上司になった石橋幹一郎はブリヂストンの御曹司だが少しも偉ぶらない。大柄で押し出しもずば抜けて立派な彼は、万事に鷹揚で優しい。そういう東監の士官の中で一郎は、むしろ武張った雰囲気で目立っていた。ある日呼びつけられ、書類の置き方のささいなミスを指摘されたえみ子は素直に謝った。にこりともせず「よろしい」と肯いた村上中尉は、なんだか怖い人という印象だった。

春の終わりに風邪をこじらせたえみ子は肺門リンパ節炎と診断され結核に進まないようしばらく勤めを休んだ。ある日、牛込東五軒町の自宅で静養していたえみ子を、仲良しの同僚、由里子が見舞いに訪れた。背は高いが子供っぽい由里子が重そうに抱えてきた風呂敷包みをほどくと、それは当時もう、なかなか手に入らない貴重品になっていた蜂蜜の大きな瓶だった。

「これ、村上中尉からのお見舞い。届けてくれって」

「村上中尉？　あの怖い方？」

「あの方、きっと、あなたがお好きなのよ。見初められたのね。あなた、お綺麗ですもの」

若い娘らしく声を潜めて由里子は言い、くすくす笑った。監査の仕事で民間の会社や工場などを訪れる主計士官たちは、饗応されることが多いらしいとは、聞いていた。あの生真面目な中尉がどこかで自分のために蜂蜜を手に入れてくれたのだと思うと、胸の奥がほんのりと温かくなった。

健康を取り戻し、職場に戻って、えみ子は蜂蜜のお礼を言いに行った。

「これからも健康に注意するように」

そう言っただけで、まともに顔をみようともしない村上中尉だった。

昭和十九年の天長節には、もう理事生たちが着飾ることはなかった。お嬢さんばかりの理事生たちもみな、防空頭巾とモンペ姿で通勤するようになっていた。七月のサイパン陥落は東京はじめ内地への敵機襲来を意味していた。その夏から空襲に備え、防空壕作りや、防災演習はさらに真剣になった。

十月には東京海軍監督官事務所にも防空班が置かれることになった。監査の仕事から離れ、軍需工場の分散・疎開の指揮に当っていた村上中尉は防災の実質的な責任者になり、事務所を守る防空隊長を務めることになった。兵もなく武器もない東監を守る役目に、彼はいきいきと打ち込んでいるように見えた。夜間の防空隊は近所に住む女子理事生の健康な人だけ選別され、えみ子は入れなかった。

「今日は一緒に帰ろう、外で待っている」

夕方、廊下ですれ違いざまに言うと、返事も待たず村上中尉は離れて行った。誘いと言うより、それは命令に聞こえた。

五時過ぎに仕事を終えて外に出ると暮れ早い秋の夕闇の中に立っていた村上中尉が数歩近づき、立ち止まった。えみ子が会釈すると黙って会釈を返し、中尉は先に立って歩きだす。

遅れないように、近づきすぎないように、そんなことだけ考えて歩いた。

芝の東京海軍監督官事務所から新橋、新橋から数寄屋橋交差点まではほとんど言葉も交わさずに歩いたような気がする。毎日の通勤に市電を使っていたえみ子は緊張していて、なぜ、こんなに遠回りの道を歩くのかと思うゆとりはなかった。一郎はできるだけ長く一緒に歩きたかったのだろうと気づいたのは何日も経ってからだった。

「ずっと君のことばかり思っていた」

交差点で立ち止まった中尉が振り向きながら言った。一歩半くらい遅れて歩いていたえみ子が、はっと立ち止まったときには、もう中尉は姿勢を戻していた。目が合ったのは、ほんの一、二秒であったろう。

やはり、と思った。

「あの方、きっと、あなたがお好きなのよ」

蜂蜜を届けてくれた由里子の言葉を何度も思い返してみていたが、事務所では、中尉はそんなそぶりは全く見せない。あれはなんだったのだろうという気持ちがあったのだ。

数寄屋橋交差点を左折し中尉は歩いてゆく。前を歩く中尉からぽつぽつと漏れる言葉をえみ子は全身を耳にして聞きながら歩いた。えみ子は軍服の背中と、斜めうしろからの横顔をときどきちらと仰ぎながら、ほとんどは足元だけ見て歩いていた。

最初は東監の仕事など、とりとめもないことを話していたような気がする。毎晩、下宿で大学の卒業論文の続きを書いていると聞いたのはどのあたりだったのか。

「僕の下宿はあの草月会館の裏です」

赤坂見附の角で立ち止まり、一郎は指さして教えた。そのまま四谷まで歩き、外堀に沿って市ヶ谷駅を通り越した。外堀沿いの並木道でふいに聞かれた。

「君はどんな本をよんでいるの。どんな本が好きなのかな」

「岩波文庫が好きです」

「僕も好きだ」

勢い込んで同意し、照れた一郎に思わず笑った。それで気持ちがほぐれ、問われるままにえみ子は『ソーニャ・コヴァレフスカヤ――自伝と追想』にどんなに感動したか話していた。少女時代から数学に非凡な才能を示すが、一八〇〇年代のロシアでは女子の大学入学は許されない。ソーニャは契約結婚をしてまで学ぶためドイツにゆくのである。

「でも、少女時代の思い出を読むと、本当に普通の女の子なんですの。とても傷つきやすくて、でもいつも一生懸命なにかに憧れて、もがいていて」

「よく分かる。君の気持はよく分かる」

えみ子には意外なほど、一郎は深い共感を示した。

「僕がいま論文を書いているのも同じだ。そうだ、人間はつねにより高みを目指さなければ。どんな時代でも、いつ死ぬか分からなくても、だからこそ理想を持ち続けなければね」

「わたくしは、そんな……」

あまりに熱っぽい反応にえみ子はたじろいだ。一郎は嬉しさを隠さぬ昂揚した声で言いかけた。

「君は僕が思ってた通りの、いやそれ以上の」

はっと一郎は口を閉ざした。飯田橋駅が近づき、横を通る人がいた。その後は黙々と駅の下を歩き、飯田橋の交差点でえみ子は立ち止まった。

「あの、もう結構でございます」

家の近くになることは憚られた。

「では、これで。気を付けて」

「はい」

手を触れることもなく、村上中尉は帰って行った。東監から東五軒町の家に帰るまで歩き続けたえみ子が帰宅したのは何時になっていたのか。両親は心配していただろうし、怒られもしたのだろうが、それは不思議に何も覚えていない。

「好きだとか、愛してるとか、そんなことは、なにも言いませんでした、そのときも、それからも、そういうことは、なんにも」

いまも色白の頬を、ほんのり染めてえみ子は言う。けれど、それが愛の告白であり、自分が深く真剣に思われてしまったことはよく分かったという。ロマンティックな嬉しさやときめきはなく、それはむしろ厳粛な感動だったことだけを七十余年経たいまも鮮明に覚えている。

東監には若い士官と若い女子理事生がいた。理事生の娘たちだけになると、士官の噂に花が咲いたし、特定の士官に胸をときめかす娘もいた。空襲に怯えていたからといって、恋に恋する乙女心に蓋が出来るわけではない。仲良しだった由里子は、石橋幹一郎に熱を上げていた。石橋に

〈石幹《いしかん》〉と娘たちがあだ名をつけたのは、人気の証しであったろう。

「身分が違うから、片思いでいいの」

そう言いながら、由里子は胸を焦がしていた。ある日、〈石幹〉の屋敷を見たいから一緒に来てと頼みこまれ、えみ子は冒険に付き合った。六本木あたりからどう歩いたのか、もう、覚えていない。長い長い石塀に囲まれ、植込みの中に見えるお城のように巨大な屋敷を見上げて歩いただけで、二人の娘はぐったり疲れてしまった。

「やっぱり、身分が違うとよく分かったわ」と由里子は言ったが、由里子の祖父は、東監が借り上げている美術倶楽部の社長だった。世間的にみれば十分にお嬢さまだった。

二〇一四年、由里子が亡くなるまで、互いの結婚後も長く家族ぐるみの親交が続いた。戦中、石橋が結婚したプリンス自動車社長の娘は、男爵家の出身で、兄は作曲家の團伊玖磨だった。幹一郎の妹安子は鳩山家に嫁ぎ、近年、共に政治家になった息子、鳩山兄弟に多額のお小遣いをやっていたことで話題になった。お小遣い事件が報道されたとき、その頃はまだ元気だった由里子は、わざわざえみ子に電話をかけてきて、大笑いした。

「凄いわねえ、やっぱり身分が違ってたのよ、ねえ」

一九四四年十一月二十四日、初めて東京に空襲があり、人々は疎開を急いだ。

マンは女中を連れて甲府に疎開した。牛込の借家に住んでいたえみ子の一家が、かわりに駿河台の屋敷に移り住んだのは歳の暮れだった。牛込で筋向いに住んでいた伯父一家も移り住んだ。ずっと実の兄のように親しんでいた年上の従兄たちは出征し、伯父夫婦と二つ年上で仲良しの従姉美津子だけになっていた。年下の和子は学童疎開していた。弟たちだけで姉妹のいないえみ子は仲良しの従姉と一緒に暮らせるのが嬉しかった。広い廊下の床下に防空壕が掘られた。

冬になってからだった。東監の階段の踊り場で、偶然、一郎とすれちがった。

「やっと手に入れて、読んだ。良かった」

会釈したえみ子に、一郎はそれだけ小声で告げ、何食わぬ顔ですれ違い、階段を上って行った。えみ子は頬が染まるのを隠そうととっさに抱えていた書類に顔を埋め、そのまま静かに階段を下りたが、身体の芯に灯がともったような気がした。

赤坂の草月会館近くに下宿していた村上中尉は、その一帯の強制疎開もあり、東監の近くに下宿を移っていた。空襲の際、防空隊長としてすぐ駆けつけるためだった。あわただしい日々の中でもう一度だけ、長い時間、ふたりきりで歩いている。明治神宮外苑を歩いたのだから、休日だったのではないか。だが記憶はもう不確かになっているという。

外で会うことのままならぬ状況だったからだろう。駿河台の屋敷に、一郎は何度かえみ子を訪ねている。この屋敷の大きな表門が開くのを、えみ子は見たことがなかった。東監の上官として中尉の軍服を着て訪ねてくる一郎を、両親は断ることはなかった。

東京海軍監督官事務所に赴任する主計士官には、政財界の重鎮の子弟が多いのは周知の事実だった。えみ子の上司の石橋幹一郎だけでなく、森下仁丹の跡継ぎも、政府高官の息子も数人いた。一郎が、船成金として知られ、政界では鉄道大臣などを歴任した内田信也の甥だということは、両親も知っていた。

広い屋敷だが、マンの疎開後、かえって住人が増え、客間といえる座敷はもう、なかった。一郎を洋館の二階の、昔はマンの夫の書斎だった部屋に通し、えみ子はお茶を運んだ。その部屋には不要になった洋家具が運び込まれていて、窮屈だった。二人はいつも大きなテーブルに向きあって座った。何度かその洋間で過ごしたが、一度も並んで座ったことはない。

「あ、失礼」

突然ドアをあけた伯父が、すぐドアを閉めたことがあった。気になって様子を見に来たのかもしれない。

「離れて座っていて、手も握ってやしなかったよ」

伯父は両親に告げたらしい。

「二時間も、いったい、なんのお話をしていたの」

母に問い詰められてえみ子は口籠った。

「本の話とか……あの方、短歌がお好きなの」

一郎はいきなり短歌を暗唱してえみ子を驚かせたのである。


白い手紙がとどいて明日は春となるうすいがらすも磨いて待たう　　斎藤史『魚歌』

「どうですか、この歌。斎藤史という女子の歌人がいまの君より若い日に作った歌なんだ」

「……ずいぶんモダンな歌ですのね。……個性的で素敵です」

「そうでしょう。これこそ、ロマン、浪漫の歌です。象徴詩です」

わが意を得たりというように肯くと、一郎は斎藤史の歌集『魚歌』を絶賛した。昭和十五年に出版された『魚歌』が、いかに清新な象徴性とモダニズムにあふれた歌集であるかとうとうと語った。また、斎藤史が二・二六事件に連座した陸軍軍人の娘であり、少女時代の友人たちが二・二六事件で刑死し、激しい慟哭の歌があることなどを熱を籠めて語り続けた。


濁流だ濁流だと叫び流れゆく末は泥土か夜明けか知らぬ

「この時代を短歌でこう歌うことができるんですよ。ずしんずしんと胸にくるでしょう」

東監では目立つほど軍人らしい一郎が、その洋間では文学青年の顔になった。齋藤史だけではない。中野重治を、リルケを、堀辰雄を、立原道造を、彼は自分の感動を分かちたくて、熱く語るのだった。特に中野重治の詩「歌」を熱く語った。

おまえは歌うな
おまえは赤ままの花やとんぼの羽根を歌うな
風のささやきや女の髪の毛の匂いを歌うな
すべてのひよわなもの
すべてのうそうそとしたもの
すべてのものうげなものを撥《はじ》き去れ
すべての風情《ふぜい》を擯斥《ひんせき》せよ
もつぱら正直のところを
腹の足《た》しになるところを
胸さきを突きあげてくるぎりぎりのところを歌え

この詩に、詩歌への覚悟や、自分の本質、生き方まで問われると言うのである。よく理解できないまま耳をかたむけていたえみ子に残ったのは、一郎が真面目すぎるほど真面目で、少し痛々しいという気持ちだった。

二、敗戦

一九四五年（昭和二十年）三月十日の大空襲は、東京の下町を焼き尽くした。炎こそ届かなかったものの、赤い火の海からの熱風と火事の匂い、町が燃え盛る不気味な轟音は駿河台にも押し寄せた。空襲の間は防空壕で従姉と抱き合って震えていたえみ子が外へ出ると、紅く染まった空の照り返しで、恐怖に見合わせる誰の顔も赤く見えた。その夜から屋敷には、かろうじて逃れてきた遠戚や知人が溢れた。

大空襲は下町の住宅だけではなく海軍の虎の子と言われた多くの軍需工場をも壊滅させていた。三月一日付で昇進し、大尉《だいい》となっていた一郎は、被害を報告するために艦政本部のトラックに乗って焼跡を回った。

大空襲から何日目だったのか、覚えていない。灯火管制下の暗く静かな夜更け、もう寝る仕度をしていた。その頃は空襲の用心に寝る時もモンペを穿いていた。屋敷の通用門の呼び鈴が鳴った。マンが屋敷の管理に残した年かさの女中が立って行った。

「村上さまがえみ子お嬢さまにと」

はっと立とうとしたえみ子を首を振って制し、父が出て行ったが、えみ子はそのあとを追った。

「こんな時間にお訪ねした非礼はお詫びします、すぐ帰ります。ただ、どうしても」

内玄関に立った軍服も長靴も薄汚れ、疲労の濃い一郎の顔が、立ちふさがる父の後ろのえみ子を見て、明かるみ、早口で言った。

「どうしても、ひと目でも君の顔が見たかった。それだけです……では、これで」

一郎は父に敬礼して踵を返した。一郎の敬礼は顔の斜め横ではなく、拝むようにほとんど正面に掌を立てる独特の癖があった。

「門までお見送りします」

えみ子は父が口を開くより早く下駄をつっかけ、一郎の先に立った。内玄関から通用門まで敷石が続いていた。植込みの間の敷石を一郎の先に立って歩きながら、えみ子は不安でたまらなかった。東監は軍隊ではなく事務所だとはいえ、防火隊長の一郎が、夜更けにこんなところへ来ていいはずがない。こんなとき空襲があったらと胸が縮んだ。ただ、一分でも早く帰したかった。

「会えてよかった」

一郎のその声にも、えみ子は無意識に首を振っていた。

「お帰りください、すぐ」

門を出たところで立ち止まり、一郎は暗い駿河台の街並みを見回し、指さした。

「あれがニコライ堂、あそこもここも大学、あれもこれも病院だ。アメリカは最初から駿河台は焼けないように焼夷弾を落としてる。……下町はなにもかも焼けた。焼跡はまだ燻っていて、死体の山だ。地獄です」

彼は不意に身震いするとえみ子の手を摑み、しぼりだすように言った。

「亡骸《なきがら》を踏んで歩いた……踏まなければ歩けなかった」

強く握りしめる一郎の手の震えが伝わってきたとき、「溺れる者は藁をもつかむ」という言葉が浮かび、えみ子は驚いた。一郎は大きく息を吸い込んで、手を離すとえみ子を門内に入らせ、歩いて帰って行った。その夜、ひとり何度も思い返してみて、やはりあの瞬間の私は藁だったと感じたという。

「亡骸を踏んで歩いた……それは、何年たっても、ときどき、言いました」

折り重なり、山となった、数え切れぬ無残な焼死体の上を歩かなければ通れない道があったのだ。軍のトラックで焼跡を回り、軍靴で焼死体を踏んで歩いた記憶は、消えることない傷となり一郎の心身に残った。

行方不明の身内を求め死体を改めて歩くひとびと、隅田川を埋める死体を陸軍の兵が鉄の熊手でかき寄せ、トラックに積んでいたことなどを、えみ子は一郎からの手紙で知った。

「大島や砂町の猛火のあとはまだいぶり続けている。血よりも尊いといわれた油がまだ燃えている。鼻を突く死臭が充満している。日曹大島の水圧プレスは倒れ歪み、日立亀戸も石川島の現場もどこが何処やら判らぬほどやられている」

惨状を伝える手紙の末尾に一首の短歌が添えられていた。のちに一郎のたった一冊の歌集『撃《げき》攘《じょう》』に収められた。

窒息死の母子《ははこ》のむくろ抱き上げ頬美《は》しかりきと誰に告ぐべき

猛火に追われ、逃げ惑い焼け死んだ人々、その下敷きになった母子の遺体を一郎は見たのだ。抱き上げずにいられなかったのだとえみ子は思った。あの方は感受性が強すぎて苦しいのだと感じ、胸が重くなった。自分の手を藁のように摑んだ一郎の震えが、まだありありと残っていた。

えみ子は先に復旧した省線で御茶ノ水から新橋まで乗ってゆき、瓦礫を眺めながら、芝の東京海軍監督官事務所に通った。一郎は艦政本部に出向いていることが多くろくに顔は合せなかったが、えみ子のデスクの抽斗に分厚い手紙が入っていた。書かずにはいられない気持ちの溢れた手紙を続けて受けとると、自分も書かねばならない気持ちになった。

一郎は既に敗戦を実感し、自分がすべきことを考えていた。海軍の短期現役を志願したとき、実戦に赴き、戦死も辞さないつもりでいた一郎は、意に反して「ラクな」「安全な」監督官事務所に辞令によって赴任したことに、負い目を感じていた。実戦に参加しないまま日本が負けてゆくのを見ていなければならない。

海軍経理学校で自分たちの訓練を指導した下士官は、みな百戦錬磨の叩き上げの軍人だった。大学を卒業しているというだけで、一郎たちはたった五カ月の訓練を終えれば指導した下士官より上官になってしまう。それでも、訓練を終え、海軍経理学校を卒業するとき、彼らはこころから喜び、送り出してくれた。指導教官としての数カ月だけ、彼らは戦線から離れたのであり、役目を終えると戦場へ戻って行った。彼らこそが日本海軍の礎なのだと一郎は書いていた。その彼らは戦場で次々に戦死している。

主計士官として東京海軍監督官事務所勤務の自分には彼らに対する責任がないのか。軍人として、人間として、いま自分の責任はなにか。手紙は切々としていたという。つねに自分の責任を問う一郎に、えみ子は不安になった。なぜ、このひとはなんでも自分の責任と思うのか。なぜなんでも背負おうとするのだろう。

二月に、一郎は、近衛文麿が、もはや敗戦を覚悟すべきであると天皇に奏上したという極秘情報を入手していた。そして軍需産業の行きづまりを打開する手だてを打つかたわら、無条件降伏は許せない、戦争を少しでも有利に終結させるために何かできないかと本気で考え、何かしようと若手士官たちと語らっていたらしい。しかしどう動いても、所詮、どうにもならずにいたらしい。それらは手紙には書かれなかった。石橋邸に極秘に集まった若手士官たちの謀議など、えみ子が当時の話を知ったのは、戦後、夫が自伝小説『振りさけ見れば』に書いたものを読んでからだったという。

『振りさけ見れば』には、早期に少しでも有利な終戦を望む若手士官たちのクーデターのような謀議の話が書かれている。皇族を引っぱりだそうとした話もある。謀議は上官に漏れ、慰撫されて未遂に終わり、意見を具申すれば握りつぶされたという。

戦局が落ちつき次第、上官に同行を頼み、ご両親に結婚の許しを願うと一郎は手紙で告げた。えみ子からその話を聞き出した両親は興信所に村上一郎大尉の身上調査を依頼した。以前、えみ子の母に問われ、宇都宮の両親はともに病臥していると一郎は答えていた。叔父が金持で政治家というだけでは娘の配偶者としてふさわしいかどうかは判らない。縁談の相手を興信所に調査させるのは当然のことだった。空襲下でも機能している興信所があった。

興信所の調査の届く前に、えみ子の母は自分で東京商科大学へ出向いた。一郎の恩師、ゼミの高島善哉教授ではなく、大学に縁談の問い合わせとして訪ね、事務方から紹介された先生に面会したという。

「大学の先生が、彼は感情の起伏が激しい、水戸学の影響があり、激情家だとおっしゃったのですよ。それは功利を求めない、純粋な人間ですともおっしゃいましたよ。でも、彼のような男と結婚する女性は苦労する覚悟が必要でしょうとも言われたの。先生がそこまで言われるとは思わなかったから、びっくりしましたよ」

「ああ、村上大尉は、やめたほうがいいな。先生というものは、普通、誰でもいちおう褒めるめったなことではそこまで言わない」

両親は口を揃えた。そして届いた興信所の報告は両親ばかりか一族の大人たちの眉をひそめさせた。

一郎は一九二〇年（大正九年）九月、父村上友次郎、母すゑ（旧姓・内田）の長男として東京で生まれた。友次郎は祖父の代からのクリスチャンで、青山学院を卒業するとすぐアメリカに留学している。彼は熱狂的な信仰者となって帰国し、理想を求めて起こしたすべての事業に失敗し、最初の妻の死後、二度目の妻にすぐ去られていた。

三人目の妻となったすゑは、女子高等師範（現・お茶の水女子大）明治三十四年卒という、当時としては最高の教育を受け、日本各地で教職を歴任していた。一郎は父四十九歳、母四十一歳の時の子である。

興信所は宇都宮まで調査に行った。一郎が三歳の時、関東大震災で一家は父の故郷栃木県大田原に転居する。ひところは地図に載るほどあった山林や土地を父は費消していたが、帰郷して更に騙し取られた。父は何度騙されてもまったく疑わないことで知られ、借金まで背負っていた。母は弟を出産後、女子高等師範出の教育者として宇都宮で職を得、一家は転居する。一郎は宇都宮中学を卒業し東京商科大学予科に入学したのである。

ホーリネス派の熱烈なクリスチャンである父は、無職のまま、いまは祈りをささげるだけの病身の老人になっていた。

問題は母するゑである。するゑは戊辰戦争で戦った水戸支藩の士族の娘で、その祖父は、尊王攘夷で知られる水戸学の藤田東湖と交流があった。するゑは九人兄弟の下から二番目で、内田汽船を起こし船成金として名を馳せた内田信也は弟である。猛母というしかないエピソードを調査員はかき集めていた。

女子高等師範卒業の資格で、するゑは夫が没落させた一家を背負った。宇都宮で栃木県立女子師範学校の教諭となり、やがて判任一等百二十円の月給を取った。女子師範の附属小学校に入学した一郎の、一年一学期の成績はほとんど甲だったが、修身か操行が乙だった。するゑはそれを見ると一郎の担任に面会し、本校で教鞭をとる者の子がこの成績は許せない、退学させますと通告し、実際、即日、宇都宮市立西小学校に転校させてしまった。孟母三遷を地でゆくと評判になったという。

一郎が十歳のとき、甲冑を飾った床の間の前で、稚心を去るべきときとして、するゑが備前長船を与えた話もひそひそと語り伝えられていた。自分の刀を持った喜び、緊張と誇りを少年の一郎自身が語ったこともあり、「あの怖い女先生ならやりそうなことだ」というニュアンスで囁かれていた。

一郎が中学二年の夏、政界に進出していた叔父の内田信也は鉄道大臣になった。するゑまで地方紙にインタビューされ「信也も大臣になりました——村上女史語る」という見出しの記事が出た。そのころからするゑはリューマチが悪化し、学校にも人力車で通うようになっていた。するゑは昭和十一年、とうとう辞職する。

興信所が調べにいった当時は、リューマチだけではなく肝臓も病み、するゑはもう寝たきりになっていた。恩給しか収入がないのに、気位は高く、狷介で口喧しく厳しい母と、祈るだけの老耄の父を、身寄りのない母娘が住み込んで世話をしていた。しかしあの家で務まる嫁さんはいないだろうというのが近所の評判だったのである。

説得されるまでもなく、えみ子も無理だと思った。一郎の一途な気持ちに感動していたが、それは恋心ではないと判断する根拠があった。えみ子には大事な初恋の思い出がある。駿河台の屋敷に同居する前は、牛込ですぐ近所に住んでいた伯父の小久保家には七つ年上の長男、隆一と年子の次男、正二がいた。えみ子の初恋の相手はこの従兄の正二であった。

長男が亡くなったため、長谷家の財産は三男であるえみ子の父が相続した。次男の伯父は子供のころ小久保家に養子に入っていたが、結婚し、二男三女に恵まれていた。東京育ちで苦労知らずのお坊ちゃんだったえみ子の父は、神戸の肥料会社を継ぎ、阪神沿線の鶴之荘に、敷地内にテニスコートまである広大な屋敷を構えていた。

わが生れし阪急沿線鶴之荘白き土塀の水に映えゐき
ハイカラ好みの父の購めし毛皮の靴穿けばたちまちわれは標的

えみ子が「りとむ」に発表した思い出の歌は恵まれた遠い子供時代をうかがわせる。戦後、弟が撮って来たという、堀を巡らせた白い土塀と瓦屋根の門のスナップ写真を見せてもらった。何人もの女中とまだ若いのに「爺や」と呼ぶ手伝いの男までいたという。東京で生まれ育った母は関西弁を嫌い、家の中では子供達にも標準語を使わせた。ダンスやテニス、宝塚通いに明け暮れたが、洋裁が好きで、子供たちに手製の洋服を着せたりもした。屋敷の中で誰からも「お嬢ちゃま」と呼ばれていた幼いえみ子は、自分の名が「お嬢ちゃま」だと思い込んでいたという。

「馬鹿でしょう、恥ずかしいわ」

そういって笑うが、いま、リハビリに通う施設で会った、リハビリ仲間の老人にいきなり「あんたはお嬢ちゃんだな」と言われて驚いたという。九十過ぎていて、赤の他人にそう見えるのだ。

「なぜでしょうね、あんなに苦労してきて、いまだって、ぎりぎりの暮らしをしていますのにね。いつもずっと何不自由なく暮らしてきたように思われてしまって」

お嬢ちゃまは、若い爺やの送り迎えで大阪師範学校の附属小（現・大阪教育大学附属池田小学校）に通った。二〇〇一年に無差別児童殺傷の池田小事件が起きたときは、呆然としたという。

肥料会社は支配人任せで、銀行員としておっとり暮らしていた父は、昭和の恐慌で工場も千坪の家屋敷も失った。一人だけになった女中を連れ、神社裏の文化住宅に逼塞していたえみ子一家を、マンは東京に呼び戻したのであった。それはえみ子が小学校三年になる春だった。伯父は実弟一家のために、牛込東五軒町の自宅のすぐ近くに借家を世話してくれた。神楽坂を通って小学校に通った。小学校の近くに箏曲の宮城道雄の屋敷があったのを覚えている。二・二六事件の日は六年生だった。先生が校門の前に立っていて「今日はお休みです」と言った。

えみ子は隆一を「大きいお兄ちゃま」、正二を「小さいお兄ちゃま」と呼んで育った。二人とも優しい兄のような存在で、大好きだった。その下にえみ子より二つ年上の従姉、美津子がいて、大の仲良しになり、いつも一緒に遊んだ。大きいお兄ちゃまの隆一は、妹たちと一緒にえみ子を毘沙門天近くの牛込館という映画館に連れて行ってくれたり、赤城神社近くのビクトリアという洋菓子店でケーキを選ばせてくれた。

正二を意識したのは女学校に入ってすぐだった。ずっと乗馬を習っていた正二が乗馬クラブの行進で神保町を通るというので、従姉たちと観に行った。その数日前、両親が話していたのをえみ子は漏れ聞いていた。

「正二君はえみ子と仲が良いな。大きくなったら一緒にしてやるのもいいんじゃないか」

「駄目ですよ。血が濃すぎるじゃありませんか」

義姉を嫌っていた母はぴしゃりと否定したが、思いがけない両親の会話から、小さいお兄ちゃまが異性であることを教えられたえみ子だった。

姿勢よく馬にまたがった正二がまっすぐ正面を見たまま通り過ぎたとき、えみ子は、胸が疼くのを感じた。これはときめきだろうか。これが初恋だろうか。そう思うだけで、えみ子はどきどきした。そのころ、新宿で父方母方ともに血縁のいとこ同士の夫婦から奇形児が産まれたという風評があった。福田家と長谷家と小久保家は、婚姻や養子のやりとりで入り組んだ血縁を重ねている。単に父方のいとこというより血が濃いという認識はあった。淡いときめきは、叶わぬ初恋としてそのまま封印されたのであった。

一郎と向き合い、手紙を読んでいれば、彼のまっすぐな思いにほだされてゆくのは感じていた。どうして心を打たれずにいられようかとえみ子は思った。だが、正二に感じたようなときめきはなかった。まして、悪条件を踏み越え、反対を押し切るほどの情熱はない。大変な両親を持つ一郎が気の毒だったが、嫁としてその人たちに向き合いたいとは思えない。

「えみ子ちゃんなら、そのうちもっといい縁談《おはなし》がある」

同居する家族親族の共通した認識に、えみ子本人も異論はなかったのである。

次に一郎が訪ねてきたとき、父は娘に会わせず、今後の交際をきっぱりと断った。数日後、東監の上官が威儀を正して訪れ、正式に村上大尉との結婚を要請した。そのときも、父は丁重に断った。

五月の空襲で一郎の下宿は焼失し、彼は内田の叔父一家が鎌倉の別荘に疎開していた麻布三河台の屋敷に転がり込んだ。その屋敷も空襲にあい、廃墟になったが、二千坪の敷地の片隅の物置が焼け残り、一郎はしばらくその物置に寝起きしていた。東監の士官同士の立ち話で、水だけは焼けた母屋の水道が使えるが、火は使えない、食うにも困っていると一郎が話しているのをえみ子は耳に挟んだ。

正式に断っている安心感があったのだろうか。かつて自分が病気で休んでいたとき、蜂蜜を届けてくれたことを思うと、えみ子はなんとか手に入れたノート三冊とふかし芋を持って、ひそかに訪ねていった。一郎はとにかく書くことが好きだとよく知っていたが、ノートも貴重品で、便箋は手に入らなかった。一郎は子供のように喜び、壊れかけ、床もない物置を見回すえみ子に、笑いながら言った。

「風流だよ。寝ていても月や星が見える」

本当に、屋根に隙間があり、夏の空が青く眩しく輝いていた。


そして、八月十五日。

東京海軍監督官事務所では、全員が一階の広間に集められ、玉音放送を聞いた。しーんと静まり返って、泣くものはいなかった。士官たちの様子は覚えていない。一郎はこの場にはいなかった。女子理事生はみな、敗戦に呆然としていたが、ほっとしてもいた。もう空襲に怯えなくてすむのが、何より有難かった。

「いまの政治家は戦争の怖さを知らないのですね。空襲の怖さを知っていたら、日本が戦争に巻き込まれるようなことを平気で言えるはずはないのに。戦争に行かなければならない若い人や、戦争に加担しなければならない人間を作りたいのでしょうか。それがどんなにあとあとまで人間を苦しめるか、知らないのですね」

その日東監を出て新橋の駅へ歩いているとき、空を覆うように飛行機の編隊が飛んでいたのをえみ子は覚えている。アメリカの飛行機がまだ明るい夏空いっぱいに飛んでいる。ああ、日本は負けたのだと実感した。

その前から東監にろくに顔も出さず、一郎は飛びまわっていた。十五日もその後の数日も会った記憶がない。ずっと軍需工場の疎開の仕事で忙しいのだとばかり思っていた。個人的に話すゆとりなどなく、清水高等商船学校生だった弟が病死したことは、一郎が数日忌引きを取ったことで知った。

敗戦を受け、八月いっぱいで女子理事生の多くは退職することになったが、士官は残務整理が残っていた。縁談を断った相手との交際や文通を両親が許すはずはない。これで会うこともなくなるかもしれない。そういう縁なのだろうとえみ子は思った。一郎の直情径行ぶりが不安でもあった。

だが、以前、蜂蜜を届けてくれた由里子が、自分から一郎に手紙の中継ぎを申し出た。それまでずっと、噂にならないよう気を付けてはいたが、たどたどしい二人の仲を由里子にだけは打ち明けていたのである。由里子は意気込んで応援団になってくれた。

勤めがなくなると、屋敷の中で、家族親族の顔を見ながら暮らすしかない。マンが疎開先の甲府から帰京するのをえみ子は小久保の従姉妹たちと出迎えに行かされた。

「おばあさま、お帰りなさい！　ご無事で嬉しい」

仲良しの美津子が涙ぐんで喜ぶ様子を、えみ子は白けた気持ちで見ていた。

初恋の「小さいお兄ちゃま」正二が、大荷物を担いで復員してきた。正二は一郎と同じ東京商科大学から、同じ海軍主計科短期現役を志願、主計士官として北陸に赴任していた。はちきれそうなズックの背嚢の中身は、海軍の物資であった。敗戦直後、買いたくても売っているものさえ乏しいとき、純白のシーツに洋酒の瓶をくるみ、担いできたのである。煙草、砂糖やバター缶、紅茶まであった。

「主計室にいたからね。持ち出せるだけ持ってきた」

自慢げに言う正二を見ていると、東監の倉庫で羊羹や砂糖を押し付けてきた中年の下士官が思い出された。誰もがやっているのだろうと思っても、正二への淡い恋心は消えた。

洋館まである広い屋敷は、いつ進駐軍に接収されるかわからない。えみ子と従姉妹たち、お手伝いと若い娘が何人もいる家に、もし進駐軍が押し入ってきたら、防空壕では見つけられてしまうだろう。娘たちを隠せるよう渡り廊下の下に穴が掘られた。屋敷の裏隣は天皇の侍医の一人であるM先生の屋敷で、その了解のもと、なにかあったら逃げ込めるよう、両家の庭の境の段差に梯子をかけ、塀の一部が開くように細工もした。だが女中のひとりはえみ子に囁いた。

「あの先生はとんだ女好きですよ。混んだ電車の中で隣の女の人の太腿をさすってるのを、あたし、見ました。あんなとこに逃げ込んだら、かえって危ないです」

幸い、その梯子が使われることはなかった。

二度、本当に進駐軍がやってきた。ふだん使っていない表門を開けるために大騒ぎしている間に、えみ子たちは渡り廊下の下の隠し部屋に入って息をひそめていた。奥座敷にマンが病人役で寝ていたが、洋館には本当に動かせない病人もいた。えみ子の上の弟、英一は法政大学に入学してすぐ罹患した瘰癧《るいれき》が、十分な治療が出来ぬまま結核菌が散ってしまい、腸結核になっていた。順天堂にかかっていたが、入院はできず、父や伯父がアメリカの新薬、ストレプトマイシンを手に入れようと奔走していた。ストマイは高価な闇値がつき、えみ子は自分の着物のすべてを売ってと願った。だが母が、ストマイのために自分や娘の着物を手放すことをためらっているうちに手遅れになった。母は死ぬまでそれを悔やみ続けたという。

進駐軍はそれでももう一度やってきたが、英一は重篤だった。たぶん、そのためだろう、彼らは接収を言いださず引上げてくれた。

当時、進駐軍の指令で刀剣は武器として押収された。駿河台の屋敷の蔵には先祖からの刀剣がかなりの数あったが、マンは「アメリカに奪《と》られるくらいなら」と、男たちに命じ、夜陰に紛れて、お茶の水橋から神田川にすべて投げ捨てさせた。言い出したら聞かないマンに従ったものの、男たちは惜しんだようで、後々まで、「あの川底を浚《さら》うとうちの刀が出てくる」と言ったという。

女中を使っていても、配給頼みの食料不足は庶民と変わらない。病人もいる大家族に正二の持ち帰った海軍物資が役立ったことは事実だった。えみ子も配給の当番をしたし、ざるを持って配給に並びもした。アメリカ軍の物資が放出され、大きなベーコンの缶詰を貰った嬉しさは忘れ難いという。病人にベーコンでだしを取ったスープを飲ませたかったが、英一はもう重湯がやっとだった。やせ細り、やがて消え入るように死んでいった。

当時、朝採りの野菜や米、時には干物まで大きな籠を重ねて背負い、房総から東京までやってくる担ぎ屋と呼ばれる行商のおばさんたちがいた。老齢化でだんだん減ったが、昭和が終わるころまで残っていた。駿河台の屋敷は大家族でいつも大量に買ったから、内房線から総武線を乗りついでやってくるなじみのおばさんがいた。背後からはモンペの足しか見えない四十キロからの大荷物を担いでくるおばさんは、御茶ノ水駅から近い場所で荷物を減らせると喜び、いつも一番に寄ってくれた。たくましく陽気なおばさんがえみ子には眩しかった。おばさんの持ってきてくれる食料にどれほど助けられたかわからない。屋敷の書画骨董は次々と売り払われ、食料になっていった。

裕福な白系ロシア人の夫妻が、良い着物なら洋服と交換してくれるという。その話を持ち込んだのは、よく屋敷に遊びに来ていた年下の東監の男子理事生で、東大に復学していた。彼は東大卒業後、外務省に入ったという。えみ子はマンが作ってくれた派手な着物を風呂敷に包み、箱根、仙石原のロシア人の別荘まで持って行くと、東京では手に入らないしっかりしたウールのコートと交換できた。

何度か着物を洋服と交換するうちに、大きすぎる洋服のサイズ直しから始め、セルの着物を洋服に作り直したりした。母が洋裁を趣味にしていたし、主婦の友社の花嫁学校で洋裁の基礎を習っていたことが役立った。針仕事は好きだったが、やがて洋裁で生活を支える日が来るとは、当時は夢にも思ってはいない。

両親とマンはえみ子の縁談をあちこちの知り合いに頼み、探していた。帯に短し襷に長しでなかなかこれという話はない。圧倒的に若い男が不足していた。そんな口々の中でえみ子は戦後再開したアテネ・フランセに通い始めた。どうしても満たされないものがあったのだ。

三、わかくさの妻

週に一度、十日に一度、分厚い手紙が由里子の名で届く。

「由里子さん、縁談でもあるの？　その相談？」

母を適当にごまかすと、えみ子は手紙を読むためひとりになれる場所を探した。

一郎の手紙で、彼が残務整理を終え十月十八日に海軍を退職したことも知った。「僕の敗戦テーゼを作成した」という意味が解らず、辞書で「テーゼ」を調べたりした。敗戦によるこれからの生き方の基本を考えたというような意味だろうと思うしかなかった。一郎が予備役として復員事務に携わりながら三菱化成に就職するまでのいきさつも知らされていた。宇都宮の父が暮れに亡くなったことは年が明けてからの手紙で知った。父の関係していた小銀行が戦時中に地方銀行と合併し、一郎は借金から解放されてほっとしていた。正直すぎるほど正直で、何もかも打明けなければ気が済まない人だと手紙を読むたび、えみ子は思った。そして、一郎はつねにえみ子の理解と愛を切望していた。

南方の島から「大きいお兄ちゃま」小久保隆一が復員した。召集されたが、大陸に送られる直前、胸部の影が発見された隆一は、健康を取り戻すと英語に堪能な点を見込まれ、陸軍の軍属となった。その後、送られて通訳を務めていた南方の島で、敗戦で戦犯になるところを現地人の嘆願によって救われたという。生来、丈夫ではないが、気の優しい隆一はその島でも軍と現地人の間に立って、出来る限り現地の人々のために計らっていて、それが戦後、自身を助けたのだった。

帰還の喜びがさめやらぬうちに、隆一はえみ子が小学生のときから、大人になったらお嫁にもらおうと心に決めていた、結婚したいと言って家中を驚かせた。しかし、隆一の積年の恋は叶わなかった。マンだけでなく、小久保家も長谷家も、「血が濃くなりすぎる」と言って、許さなかったのである。だが、思い返すと、母が義姉である隆一の母をとことん嫌っていたことが大きかったのではないかと、えみ子は考えている。

隆一は、周囲を説得できず、えみ子本人にも「大きいお兄ちゃま」への親愛以上のものはなく、承諾する気がないことを知ると諦め、就職を決めて駿河台の屋敷から離れていった。

そんなとき、女子学院の恩師が縁談を持ち込んできた。成績の良いえみ子を進学クラスに入ったらと進めてくれた先生だった。先方は東宝の重役の子息で、すでにえみ子の見合い用の写真を見て、大変乗り気であるという。本人も東宝の幹部候補という話に、両親もマンも大喜びで見合いの日取りを決めようとした。映画は娯楽の王様になろうとしていた。

良い縁談と解っていながら、なぜ、どうしても嫌だと言い張ったのか、自分でもわからない。従姉妹たちまで目を輝かせた映画会社という華やかさに、抵抗があったのは確かだ。

「わたくしは、そんな華やかな世界の方にはついていけません」

えみ子は周囲が匙を投げるまで言い張り、とうとう断ってしまった。

えみ子の頑固さに周囲が呆れている頃、一郎は見計らったように、改めてかつての上官の大佐に頼み、正式に結婚を申し入れてきた。

一郎は一橋を出て一流の会社に勤めている。えみ子の父は早稲田だったが、不思議に、長谷家にも小久保家にも福田家にも一郎と同窓が多かった。財産はないが、借金も無くなり、有力者の親類もいる。厄介な母親はいるが、宇都宮にいて同居の気遣いはない。えみ子への誠意は誰の目にも確かで、そう考えるとそんなに悪い話ではない。待っていても、若い男は圧倒的に不足していて、もっと良い縁談が来る保証はない。どんな縁談が来ても本人が断ってしまうことを、もう周囲も感じていた。

一九四六年の夏、えみ子を取り巻く親族の空気は、一郎を受け入れる方向にと傾いたのである。

海軍から復員した年の暮れ、一郎は三菱化成工業に勤め、その頃は、市川市国府台の社宅住いの知人から間借りしていた。嫌いな叔父の屋敷の物置はとっとと出たが、とにかく住宅難の時代だった。

勤めたものの、経理部会計課計算係の仕事は一郎にはまったく合わなかった。商科大学卒だが、算盤は出来ず、計算も帳簿仕事も不向きで、失敗ばかりした。会社で持てあまされ、監査員付きに仕事が変わる。工場の経理の監査の仕事なので、九州、山陽、大阪、岐阜と地方の工場へ出張が多くなった。汽車旅行が快適な時代ではない。闇物資の大荷物を持ち込む人間をぎっしり詰め込んで汽車は走っていた。

九月の九州出張中、身体の異変に気付いたが、何銭かの伝票の間違いを見付けて帰り、膨大な報告書を書いて帳簿が正されたときは、完全に病人になっていた。右肺が湿性肋膜炎で、以後数カ月、床につく。その頃は阿佐ヶ谷の下宿屋に移っていた。

周囲からももう、交際を認められていた。ふたりは交換日記を書き、えみ子は滋養のある食べ物を持って病床を訪ねたという。

「そういうときは、おばあさまにね、村上さんのお見舞いに行ってきますって、ちゃんと挨拶して出かけていましたのよ」

熱と病人の汗の籠った部屋の空気を入れ替え、少しの間でも布団を陽に当て、手早く掃除をした。父や弟の古い浴衣を洗い替えに持って行き、寝巻を着替えさせ、洗濯したこともある。卵は貴重品で、もみ殻を敷いた箱に並べ、病人の見舞い品に珍重される時代だった。たとえ二つ三つでも、えみ子は必ず卵を持って行った。

屋敷には女中がいてみそ汁を作ったこともないえみ子だったが、寒くなるとなんとかして一郎に温かい滋養のあるものを食べさせてあげたくなった。考えたあげく、えみ子は醬油味をつけた鰹節をまぶしたおむすびを作って持って行った。台所を借り、それを小鍋でやわらかく煮て、卵をとき入れたおじやを見て、一郎は眼を丸くした。

「君はお嬢さんなのに、なんでもできるんだね。……食べさせて」

「子供みたい」

笑いながら、えみ子はふうふうとしては、おじやを一郎の口に運んでやった。

「さ、あとはご自分で召し上がれ。わたくし、洗濯してしまいますから」

「ここにいてくれよ」

「だめ」

あのひとがこんなに甘ったれだなんて。洗濯をしながらほのぼのと笑っていたえみ子は、

「ご精がでますね」

大家のおばさんに声をかけられ、赤面した。

治ったら、一日も早く結婚しようと二人は語り合った。早くあの屋敷から解放され、何か勉強したいというえみ子を、一郎は励ました。

「いい奥さんになってくれなくても、いい。勉強してくれ。いまの僕は君を大学に入れるだけの力はないけど、大学でなくても勉強はできる。きっとできる。僕も協力する」

年が明け、一九四七年（昭和二十二年）二月六日、ふたりは結婚した。一郎二十六歳、えみ子はあとひと月で二十三歳であった。一郎はやっと肋膜炎が回復して会社に復帰したばかりだった。なぜそんなに結婚を急ぐのかとおばあさまのマンに問い詰められたという。子供でもできたのかと疑われたのである。えみ子はふふっと笑う。

「村上はね……熱くなって迫ってきたことがありましたけど。わたくし、興奮なさらないでくださいと言ったの。君は冷静だねって、がっかりしていましたよ」

結婚前にそういうことはなかったとえみ子は何度も繰り返した。子供が産まれたのは翌年五月で、疑いは晴れたという。それでも、結婚は急いだ。お互いに、ただ早く一緒になりたい一心だった。

「でも、愛情……だけではなかったと思いますよ。何よりも、あの家を出たかったの。それに、わたくしなりに、計算もしていました。大学も出て、三菱化成という大きな会社だから、一生なんとかなるだろうって」

当時は、デパートに結婚式場があった。日本橋三越の結婚式場での式の前に、文金高島田に角隠し、黒地に豪華な刺繍の花嫁衣装の姿を、まだタクシーはほとんどなく人力車に揺られ、駿河台の屋敷へマンに見せに行った。その花嫁衣装はマンが姪の一人に作り、一族の結婚式に何度か使われたものだったのである。内玄関でマンに挨拶し、そのまま三越に戻った。

新婚旅行はなかった。普段着に着替え、二人はお茶の水から満員電車に乗った。阿佐ヶ谷の駅に着くと、ふたりだけのお祝いに、駅前の闇市でぼた餅をふたつ買った。三丁目の、療養していた下宿の、大家の家の離れを新居に借りたのであった。

新婚のある夜をえみ子は語る。

「やっと結婚したのに、わたくし、泣いたのよ、おかしいでしょ。あんなに家を出たかったのに。村上の帰りを一人で待っていたら心細くて、子供みたいに泣いたの」

大きな屋敷で大家族に囲まれ、数人のお手伝いのいる生活から飛び込んだ結婚である。どんな心細さが涙になったとしても、花嫁はまだ、その後の苦難を予想したわけではない。結婚したのは二月、一郎は三月に会社を辞めた。夫が転職と病気を繰り返す苦労の多い結婚生活が始まる。

勉強したいというえみ子の願いは叶った。結婚の翌日、勤めから帰り、夕食が済むと一郎は言った。

「さあ、ふたりで勉強しよう！」

毎晩、膝を突き合わせて勉強が始まった。ゲーテの『ファウスト』を読み、野呂栄太郎の『日本資本主義発達史』をテキストにしてノートを作ったりした。

「嫁入り荷物の箪笥と鏡台と、その頃は食器棚とは言いませんでしたね、その上にラジオを乗せていました。あとは、村上の本箱と机……机はね、二月堂って、ご存じかしら。奥行きが三十センチくらい、抽斗なんかない、脚を折りたためる簡単な机なんです。その小さな机で毎晩二人で勉強したんです。毎晩、さあ、勉強！ですからね……思い出すとおかしいわね」

少し先の阿佐谷六丁目には一郎の恩師、高島善哉教授が住んでいた。東京商科大学は一九四九年に一橋大学と名称を変えたのちも小人数の教育を特色とするが、戦前は一学年二百八十名ほどであり、みな顔見知りであった。戦前から自由な学風で、大学の師弟、同窓生の連帯感と親愛は深いものがある。

一郎は新妻を伴い、まず高島邸に挨拶に行った。内田の叔父の家に挨拶に行くのは嫌々だった一郎が、いそいそとしていた。大学に残った高島ゼミの仲間が教授を訪ねた帰り、よく新居に立ち寄ってくれ、えみ子は乏しい食料の中から精一杯もてなした。声高な談笑は新婚生活のなかの楽しい思い出になる。

新居は「出来るだけ早く出ていく」ことを前提に家主の好意で借りた部屋だった。それでも借りられたのは幸運だったと思うほど、空襲で焼け野原になった東京の住宅事情は、まだまだ悪かった。けれど、不安定な住宅事情以上にえみ子が案じたのは、毎朝出勤してゆく一郎の姿だった。

肩を落とし、うつむいて、一歩一歩引きずるように歩いてゆく後ろ姿を見送るのは、自分まで苦しくなってしまうほどだった。結婚前から聞いてはいたが、よほど職場が合わないのだろうと思わずにいられなかった。だから、一カ月足らずで、晴れ晴れした顔で帰ってきた一郎が「会社を辞めてきた」と言ったとき、生活の心配はさておき、ほっとしたのだった。

「三菱化成に勤めているからというのも結婚した理由のひとつだったのに、ほんとに不思議なくらい、心配はしませんでした。あの辛そうな後ろ姿を見なくて済むだけでいいと思いましたもの。なんとかなると思ったのね」

まだまだ食料不足は深刻なのに収入が無くなった。それでもなんとかなると思っていた。マンは駿河台の屋敷を財産税のために手離し、女中一人を連れて西荻窪に移り、両親は以前住んでいた牛込の家が焼け、仮住まいだった。どちらかを頼り、頭を下げればいくらかは分けてもらえるだろう。だが、自分の力で調達したかった。えみ子はリュックを背負って買出しに行った。千葉に住む親戚の伝手で農家を訪ねたのである。絞りの羽織と引き換えにリュックいっぱいの芋や野菜を背負って帰ってきたときは、鼻高々だった。

一郎の歌集『撃攘《げきじょう》』のなかに、そんな新婚時代の歌がある。

わかくさの妻てふものが諸《いも》を負ひわれに食はすと雄々しくもいふ

〈わかくさの〉は妻にかかる枕詞で、これは夫が仕事をやめても、なんとかなると思った新妻、えみ子の姿である。自分でも思いがけぬたくましさで夫を驚かせたのが嬉しかった。夫が「雄々しくも」と歌ってくれたことも嬉しかった。

嬬よ嬬よ鏡に向ひしあはせの紅《べに》引きてくれ　われも生くべし

嬬は〈つま〉。まだ三面鏡の時代ではなく、縦長の鏡に自分で縫った鏡台掛けを垂らした鏡台だった。前途不安な若い夫は鏡台のなかの匂やかな新妻を見つめて、生きなければと決意している。〈生くべし〉の〈べし〉は、当然、推量、可能、命令などいくつか意味があるが、この歌の場合、広辞苑でいう〈話し手の動作の語に付いて、意志・決意を表す。必ず…しよう。…するつもりだ〉であろう。『撃攘』のなかには「われは生くべし」「われも生くべし」「生きてゆくべし」と自分を鼓舞する歌が目につく。

「鏡に向ひしあはせの紅引きてくれ」に、えみ子はいまも恥じらう。

「朝、髪は梳《と》かしましたけど、粉白粉をはたくかどうか、口紅をつけるかつけないかくらいでしたよ。いやあね、いつもお化粧に、五分もかけなかったのに……」

会社勤めは、一郎にはほとほと向いていないのだと、えみ子にももうよく分かっていた。勤めるなら出版社にと考えた一郎が高島教授に頼み、日本評論社に紹介してもらったことを喜んだ。日本評論社で学生時代に校正などのアルバイトをしたことがあり、常務が一郎を記憶していてくれたという。雑誌「日本評論」は戦前「中央公論」「改造」と伍する総合雑誌だった。横浜事件など言論弾圧事件により休刊していたが、戦後、復刊していた。編集部に入った一郎はまさに水を得た魚のように生き生きと働き始めた。時事評論の「時の動き」、やがて新設された「ルポルタージュ」の担当になると現場潜入もしたという。

自分が元気づくとえみ子の向学心のためにと母校の聴講が出来るよう取り計らってくれた。フランス語と経済史の講座を選び、それぞれの教授の家にも一郎はえみ子を連れて挨拶に行った。小平市のキャンパスまで、高島ゼミの先輩、水田洋が聴講に通っていたので、えみ子のエスコートをしてくれた。好奇の目を向けられることもなく週一度ずつの聴講ができた。予習復習をちゃんとしていたから、講義はよく理解でき、聴講は楽しかった。

阿佐谷三丁目の間借りから、阿佐ヶ谷北口の洋裁店の一間を借りて移るなど、暮らしは不安定だったが、部屋探しのため休みの日に二人で歩きまわるのも、ピクニック気分で楽しかった。よもぎやつくしを摘んで帰り、食べたこともある。若い二人だったのだ。

一郎はルポルタージュの第一回で、常磐炭坑地帯を取り上げ、高萩、湯本などの炭坑で坑夫とともに坑道に入り、坑夫の妻や子が選炭をする様子や彼らのハモニカ長屋を見て歩き、石炭増産の掛け声のかげで、いかに炭坑夫とその家族が苦しい生活を強いられているか、実際に見たままを書いた。それが好評でずっと掲載されることになり、一郎は張り切っていた。帰宅しても机に向かっていることが多かった。

そんなある日、えみ子は一郎が日本共産党に入党したことを聞かされた。七月十九日、日本共産党創立二十五周年記念大会で中野重治が発表した詩「その人たち」に感動したからだという。交際中に、中野重治の有名な「歌」という詩の話は、何度も何度も聞いていた。「おまえは歌うな／おまえは赤ままの花やとんぼの羽根を歌うな」その冒頭の二行はまだ諳んじていた。

「日本共産党創立二十五周年記念の夕に」と副題のついた長い詩は、娘や息子が共産党員になったために迫害された親たちへの鎮魂歌である。

その言いようもない人びとについてわたしは語りたい

党をまわりから支えた人びと
まわりからと言おうか　なかからと言おうか

その人びとは心から息子娘《むすこむすめ》を愛していた
子供たちは正しいのだということを理論とは別の手段で信じていた

（中略）

サヤ豆を育てたことについてかつて風が誇らなかつたように
また船を浮べたことについてかつて水が求めなかつたように
その信頼と愛とについて　報いはおろかそれの認められることさえ
　求めなかつた親であつた人たち
この親であつた人びとの墓にどの水をわたしたちがそそごうか
どのクチナシとヒオオギとを切つてこようか

「この詩はそんなにいいものなのでしょうか。でも、詩に感動して入党って……、村上らしいでしょう。あのひとは、理屈ではなくて、パッションのひとなんです。ずっとそうでした。いつも、なにより、感動があの人を動かしたのね。感動すると突っ走るんですよ。功利は一切、考えないで。思い込んだらまっしぐら」

えみ子は少しばかり恥ずかしそうに微笑んだ。

「あのね、ほんと言うと、わたくしも一緒に熱に浮かされたようになって。確からょっとだけ共産党に入ったのよ。すぐやめましたけど。もう、はっきり覚えていないのよ、ほんの数カ月でしたから」

そのときの自分たちにとって、共産主義は理想だったとえみ子は言う。それにしても、そんなに簡単に入党したりやめたりできたのだろうか。二人で出かけた集会で出席の署名をしたというようなことではないだろうか。「確かちょっとだけ共産党に入って、やめた」という話は、えみ子の思い違いではないかと思うのだが。一郎の場合、それは年譜に記される事件なのである。

炭坑がそうだったように、一郎がルポルタージュのために行く先々で見たのは、生々しい社会の矛盾であり、不公平だった。無組織のまま搾取される底辺の人びとの貧しさだった。

戦前の大学生は、多かれ少なかれ左翼的なリベラリズムに触れている。ことに一郎は自由な学風の大学で、恩師高島善哉教授から社会科学を学んだ。

えみ子はきっぱりと言う。

「村上は、若い時からずっと変わっていません。大学時代に左翼の理想に共鳴して、それはずっとあのひとの基本にありました。海軍にいた時もそれは変わらなかったんです。戦後もずっと刀好きが変わらなかったのと同じです」

マルクス主義が理想のひとつだった時代は確かにあった。ベルリンの壁が崩れ、ソ連は崩壊し、共産党の一党独裁政治の実態は広く知られるようになった。時代が変わりすぎて、今の方には解って頂けないかも、と前置きしながらも、えみ子は続けた。

「政治ではないのです。理想に共鳴したんです。だから、村上は入ってみれば、現実の党とか、政治とか、そういうもののありようとか、人間関係とか、幻滅するばかりだったのだと思います」

四、すずかけ小路

阿佐ケ谷駅に近い洋裁店の間借りは、便利だったし人間関係も良かったが、トイレに行くとき、他人が寝ている部屋を通らねばならなかった。えみ子は妊娠し、とにかく落ち着ける住まいを見付けたかった。当初希望していた中央線沿線は諦め、えみ子の母の兄、伯父の家の離れの一間を借りることになった。少女時代のえみ子を可愛がってくれた伯父は、自分用の靴を誂えたほどアイススケートに凝っていて、えみ子の手を取ってスケートの手ほどきをしてくれたものだ。

品川区西中延の昭和医大の近くにある伯父の屋敷に引っ越したのは一九四七年（昭和二十二年）の末だった。落ち着いた屋敷町の一角に建つ広い邸内には、伯父一家のほかに医師の未亡人と学者の息子、お嬢さんの三人家族のほか、謡いの先生も間借りしていた。

若夫婦の借りた離れの八畳には鉤形に廊下がしつらえられ、広々と使えた。だが、井戸は母屋にしかなく、母屋まで水を汲みに行き、渡り廊下の角の、狭い土間に置いた七輪で煮炊きをした。それでも、今までの部屋より恵まれていた。

一郎は京橋にある会社まで張り切って通勤した。「日本評論」編集会議の議論が白熱した日など、帰宅してもまだ興奮の残る声で話して聞かせた。率直に議論を闘わせられる仲間がいて、やりがいのある仕事がある。一郎は意気軒昂で、「木曾国有林」「部落の民」「横浜港」など次々にルポルタージュを書いた。取材のために家を空けることも多かったし、帰宅しても遅くまで机に向かって原稿を書いていた。「さあ、勉強しよう!」もなくなった。大学が遠くなり、お腹が大きくなると、楽しみだった聴講にも行かれなくなり、えみ子は少し淋しかった。

一九四八年五月、えみ子は駿河台の浜田産婦人科病院で出産した。「真理子」という名前に落ち着くまで、夫婦でいろいろ考え、最後に、平凡なようでも、「真理」の子にしようと一郎が決めた。赤ん坊の首が座わり、安心して抱けるようになると、一郎はとにかく帰宅すればすぐ真理子を抱かずにいられない。抱き上げ、頬ずりしては言うのだった。

「真理子はどうしてこんなに可愛いんだろう」

一郎はそれを何度言っても言い飽きず、真理子が大学生になってからも、変わらなかった。成長した娘がそれを鬱陶しがるようになっても、言いたがった。

張り切ってよく働きもしたが、中延で暮らした二年半に一郎は二回もすぐ近くの昭和医大病院に入院している。気力だけで倒れるまで働いてしまう一郎は、結婚前に患った湿性肋膜炎が完治しておらず、疲れると病気が出た。えみ子は赤ん坊を寝かしつけて病院に駆けてゆき、赤ん坊の泣き声が聞こえるような気持ちで駆け戻った。赤ん坊を背負って病人の汚れ物を洗った。職場に迷惑をかけ、夫婦で恐縮した。日本評論の同僚たちの善意や友情にどれほど助けられたかわからない。

占領軍ＣＩＥ（民間情報教育局）の新聞課長インボーデン少佐から「日本評論」一一月号に載った伊藤律「新たなファシズムに抗して」に対してプレスコード違反の通告があった。占領下の日本で連合国軍最高司令官総司令部、ＧＨＱは絶対的な権力だった。ＧＨＱによる言論統制がプレスコードである。一郎は日本評論社に入社するとき、編集者はいつプレスコード違反で首が飛ぶか分からない不安定な職業だと念を押され、えみ子もそれを覚悟していた。日本評論社はＣＩＥに眼をつけられていたのだろう。以後、数回この通告を受けることになる。それは、一九五一年一月のレッドパージによる一郎の馘首への前触れだったような気がするとえみ子は言う。

一郎は中野重治の詩に感動して共産党に入党したが、最初から共産党の教条主義に批判の目をむけていた。労働組合のためには献身的に働いたが、新日本文学会や民主主義科学者協会など共産党系の機関には入らなかった。

一九四九年一月の総選挙で共産党が四議席から三十五議席と二桁に躍進したとき、一郎は、ドイツの国会放火事件の二の舞にならねばよいがと憂えたという。それは、ヒトラー政権が一人の精神異常者による放火を共産党によるものと断定し、党を弾圧した事件であることを、一郎は妻に解説して聞かせた。えみ子は懐かしむ。

「とにかく読書家でしたし、なんでも知っている人でしたよ。分からないことは訊ねれば、いつでも、なんでも教えてくれました」

一郎は編集者として多くの知識人、文化人に会ったが、「先生」と呼ぶようになったのは久保栄ひとりだった。劇作家としては『火山灰地』で知られる久保はマルクス主義者だが共産党には入らなかった。一郎は久保に傾倒し、新劇もよく観るようになっていた。えみ子の記憶のなかで、一郎が「先生」と言えば、大学時代の師の高島教授と久保栄である。


一九四九年は暗い年だった。下山事件、三鷹事件、松川事件といまだに真相の分からない鉄道関係の事件が起きた。一郎はルポルタージュのために常磐炭鉱や十勝の鉄道労働者を取材したが、共産党のアジテーションに踊らされる労働者を見ることになった。職場離脱闘争や九月革命説を唱えた日本共産党への失望は膨れるばかりだった。戦後に抱いた夢や理想の崩れてゆく現実に一郎は歯ぎしりしていたが、その年のえみ子には胸躍ることがあった。

女子学院時代の旧友と、たまたま旗の台駅の近くで出会って、そのニュースを聞いたのだった。東京帝国大学から、新制の東京大学になって初の女子大生がその春、卒業した。十七人の女子卒業生のうち法学部の三人の中のひとりが、女子学院のクラスメートだったというのだ。旧制の女学校は五年制で、新制の高校二年までということになる。高校三年を修了していなければ、新制大学の入学試験を受ける資格はない。東大に入学した女子のほとんどが、東京女子大、日本女子大、津田塾や女高師など、女子大や上級学校の卒業生だった。そのクラスメートは東大法学部在学中に、すでに司法試験にも受かって、弁護士になったという。

「あの方は東京女子大でしたわよね。えみ子さん、進学なさってたら、東大だって夢ではなかったのに」

旧友の言葉がいつまでも耳に残った。家に帰って座り込むと、両親やおばあさまが、進学を許してくれていたらと、えみ子は一瞬、気が遠くなるような思いに捕われた。あのひとはそんなに勉強が出来たかしら？　自分の方がずっと成績は良かった。えみ子はそう思った自分をすぐ恥じた。女学校時代の勉強など、勉強の内に入らない。以前は同級生でも、そのひとは女子大で勉強し、東大の受験勉強をし、東大でも勉強し、司法試験も受けたのだ。私は勉強から離れてもう何年が過ぎただろう。

だが、自分もいつか、大学で勉強したい。もの思いは真理子の泣き声で終わった。真理子は構ってくれない母にじれ、手足をばたばたして泣いていた。

「ああ、真理子ちゃん、ごめんなさい」

抱え上げただけで、たちまち泣き止んだ真理子を頬ずりして抱きしめ、いまは無理だとえみ子は思った。でも、いつかは、と。

しかし、そのときのえみ子にはもっと切実な問題があった。

中延の広い屋敷の離れを「無料《ただ》ではかえって気兼ねだろうから」と伯父夫婦はお印ほどの部屋代で貸してくれた。しかし、毎日何度も母屋に水を汲みに行かなければならない。母屋には伯父夫婦だけではなく間借り人たちがいた。みな、良い人たちだったが、常に周囲に気兼ねをしていた。けれどその前に阿佐ヶ谷で、短期間に二度も引越ししなければならなかった大変さは、身に染みていた。なんとしても、自分の家を持ちたい。大学の夢より何より、それは切実な願いだった。暮らしに関心の薄い一郎に頼れず、えみ子は新聞の広告で知った新宿の不動産業者に安い土地の斡旋を頼んだ。

そんなとき、一郎が共産党の若い知人に、妹を預かってくれと頼まれた。戦災で両親を亡くし焼跡に一間だけの掘立小屋を建てて暮らしていた兄妹の、兄が結婚する。一間きりの小屋でいくらなんでも同居は無理なので、妹を女中代りに置いてやってくれというのである。

女中を置く身分ではなかったし、こちらも八畳一間に親子の暮らしであった。しかし、八畳に廊下がある。廊下で寝かせてくれればいい、駄目なら庭の物置に寝かせてとまで頼まれ、引き受けた。その妹俊子は、十九歳で風呂敷包みだけでやってきて、嫁ぐまで四年間、家族同様に暮らした。

旧制の女学校を中退したまま、近所の店屋の手伝いなどしていた俊子を、兄は「女給なら住み込みの口があるけど、そういう柄じゃなくて」と言ったという。いかにも健康的な明るい娘で、真理子を可愛がり、えみ子に家事や裁縫を教えてもらえると喜んだ。


真理子が一歳を過ぎ、長時間の移動ができるようになると、一郎は妻子を連れて宇都宮の母すゑを訪ねた。すゑは息子と孫に会うと涙を流して喜んだが、嫁にはほとんど興味がないのは明らかで、えみ子はむしろほっとした。結局、えみ子は結婚の挨拶に行ったときと、真理子を連れて二回と、合わせても三回しか姑に会っていない。肝臓病で顔色はどす黒く、痩せ衰え、リューマチで手足もきかないすゑに、真理子が怯えて泣くのではと恐れていた。しかし真理子は人見知りをせず、すゑの顔に小さな手を伸ばした。

「おばあちゃまと言いなさい」

えみ子が囁くと、真理子は「ちゃーちゃ、ちゃーちゃ」と言った。すゑがとても満足そうだったことを、一郎は後々まで喜んでいた。

宇都宮から帰る列車の中で、眠ってしまった真理子を抱いていて、えみ子は自分をじっと見つめる夫の目に気づいた。

「どうなさったの」

「いや、僕にはね、若い母親の姿が記憶にないなあと思ってさ。年寄りっ子だったからね。だから、僕は子供の時から美人が好きなんだよ。三つかそこらのとき、二十歳くらいの綺麗なひとに憧れたもんなあ」

「そんなに昔からでしたの」

えみ子は笑わずにいられなかった。前から、一郎は「僕は美人が好きだ」と公言していた。「電車に乗ったら、まず見回して、一番美人のそばに行くんだ」

それを聞いて、駿河台の屋敷のお手伝いが話していた、裏隣のM先生の話を思いだし、「変な目で見られないように気を付けてくださいね」と言ったことがあったのだ。

しかし、少年の一郎に刀を与えた、烈婦と言いたいほど激しい個性の母を、夫が深く敬愛していることはよく分かっていた。困ったもんだという口調で猛母のエピソードを友人に聞かせるとき、一郎の声には誇りが滲んでいたのである。

その年十二月、急変の報せに一郎だけ飛んでいった。真理子が風邪で高熱を出していたこともあり、えみ子は行かなかった。翌日、するは亡くなった。一郎は葬式も済ませ、宇都宮の家を整理し、お骨を抱いて帰京した。

「葬式に内田の叔父が大きな花輪をよこしたよ。政治家ってのは、どんな時も自分の名前をでかでか書くんだな」

吐き捨てた一郎だったが、死後の整理に、東京の親戚たちからの香典に助けられたとも話した。

暮れに、頼んでおいた新宿の〈郊外土地〉という業者から安くて良い土地が見つかったと連絡があり、えみ子はそこを見に、実家の父に一緒に行ってもらった。俊子が子守をしてくれるので安心して外出できた。そこは武蔵野市吉祥寺の、西武が開発した分譲地の一画だった。成蹊学園の西側で、欅並木の大通りから入ったところにあった。植えられたプラタナスにちなみ、すずかけ小路《こうじ》と名付けられた横道の奥行十間、間口四間半の四十五坪の土地で、一坪千円という、今では考えられない値段だった。

「静かだし、真理子を育てるにもいい環境ではないか。足りなければ、少しは援助も出来るのだよ。遠慮しなくていい」

父はそう言ってくれたが、えみ子の実家の援助を一郎は断るに決まっていた。しかし、土地だけではなく家を建てるお金もいる。えみ子は土地を半分だけ売って貰えないかと業者に頼み込んだ。土地の端に細い通路をつけ、奥の半分だけ売ってもらう内諾を得て帰った。

その夜、話を聞くなり、一郎は言った。

「あの辺なら、いいじゃないか。学生の頃、よく散歩したよ。井の頭公園もあるし。よし、決めよう！」

「あなたもご覧になってよ」

「任せるよ。半分にして貰えば、金も何とかなるんだろう？」

一郎は家計をまったく妻に任せっきりにしていた。えみ子はボーナスを使わず貯金していた。あとは、宇都宮の家を整理して残ったものを売った。財産は一郎の父が失くしてしまっていたが、まだ祖父の集めた浮世絵が残っていたのを、駿河台の屋敷に出入りしていた業者に売った。一郎が母から刀を与えられたとき飾ってあったという鎧兜もあった。

「真理子は女の子ですから、これを飾ることはありません。売らせていただきますね」

「いいよ、任せる」

そんなやりくりをして、すずかけ小路の土地を買い、借金もして家を建てた。地元の親切な大工に巡り合えたのも幸運で、翌年六月にはわずか七坪半の家が建ち、引っ越すことができた。六畳と三畳、台所とトイレだけ、瓦屋根をのせる金がなく、トタン屋根の粗末な家であった。

「トントン葺きのそんな家でも、八万円でした。土地よりお金がかかったのですよ。不思議でしょう？　そういう時代だったのねえ」

そのとき無理をしてでも家を建てたことが、どんなに幸運だったかとえみ子は何度も思ったという。五月に二歳になった真理子と親子三人に、俊子も連れて新居に引っ越した。すでに三月には、一郎はプレスコード違反で六カ月の有給休暇に入っていた。本来すぐ馘首になるところを、一郎が執行委員長をしていた労働組合が、全員でやっと勝ち取ってくれた有給だ。しかし、もとの職場に戻れる保証はなかった。結局、一年後、一郎は馘首されることになる。その後もレッドパージで余儀なく転職を繰り返すようになる。家がなかったらどうしていたかと思うだけでも、恐ろしい。有給休暇といっても、基本給だけでは食べるのもやっとで借金は返せない。一郎はアルバイトを探し、えみ子も洋裁の内職を始めた。嫁入り支度のシンガーの箱型手動ミシンが大活躍した。

勤労感謝の日だった。色づいたプラタナスの葉が青空に揺れているすずかけ小路の家を、ふらりと訪ねてきたのは久保栄だった。「厭な用事で来たのですよ」と言った。近くの知人宅に借金をしにきた帰りだったらしい。

「村上は久保先生、久保先生とよく話していましたが、わたくしはお会いしたのはそのとき一度だけです。疲れていらっしゃるようでした。人間は、いろいろな色に囲まれていますなあ……って、呟くようにおっしゃったのが不思議な感じでよく覚えています」

それは、バス停までえみ子が久保を送って行くときだったという。一郎は、久保がノイローゼで順天堂にかかっている、心配だと話した。久保は躁鬱病で、八年後に自殺する。自分が同じ病に苦しむことになるとは、一郎はまだ夢にも考えていない。

俊子は真理子を夢中で可愛がったし、真理子もよく懐いた。俊子に子守と留守番を頼めるのを幸い、えみ子は勤めに出ようと考えた。四十五坪を半分だけ売ってもらったのだが、残りが売れない〈郊外土地〉から、残りも買ってくれという話があったのだ。

ちょうどこの一九五〇年、住宅金融公庫が発足していた。低利で公庫の金を借りられるが、そのためには定収入による返済計画書を提出しなければならない。レッドパージで休職中の夫はどうなるか分からない。えみ子は、小さな我が家の前に他人に住まわれるより、残りの土地を買い、自分が働いて返済しようと考えたのだった。一郎の大学時代の友人の姉が丸善に勤めていて紹介してくれ、面接に行った。受かるかに思えたのに、最後に結婚していることが分かると、「うちは女性は独身の方しか取りませんので」と言われた。ただ、代わりにと紀伊國屋書店洋書部を紹介してくれ、こちらは合格したのである。

「でも、世間知らずというか、馬鹿でしたわね。面接で、お給料はどのくらい希望されますかと聞いてくれたのに、いくらでも結構です、なんて言っちゃったの」

五一年の春から勤めた紀伊國屋はまだ労働組合もなかったが、その日の売り上げが多いと「大入袋」が出て、それが楽しみだった。えみ子は武蔵野信用金庫で住宅金融公庫の手続きをし、土地の残り半分を買った。その借金を返した後、五七年に一郎が「総合」という雑誌の編集部に勤めたとき、今度は一郎の名義で金融公庫から借り、屋根をあげ、六畳を建て増した。土地や家に関しては、すべてえみ子の裁量であった。

「大工さんがほんとにいい人で、近かったから、それからずうっと、面倒見てもらいましたの。書庫を作ったり、二階を上げたときも……大工さんに言われましたよ、このうちの旦那さんはなんにも分かんないから、奥さんに聞かなきゃだめだって」

紀伊國屋には聴講に通った一橋の先生たちもしばしばやってきて、声をかけてくれた。

「あの頃はよく熱心に勉強されましたね。またいつでも聴講にきてください」

そんなふうに言われると、やはり嬉しかった。ちょうどその年、戦前にあった専門学校入学者検定(専検)など、針の穴を通るより難しいと言われたいくつかの検定を合わせ、新しい大学入学資格検定が出来たのである。一郎はその話を聞くと、即座にうなずいた。

「いいじゃないか。是非、やりたまえ。あれは、何年かけても良かったはずだよ」

えみ子は奮い立った。翌日、早速、紀伊國屋で大検受検のための資料を揃えた。選択科目もある。旧制の女学校卒のえみ子は数学、世界史、日本史、物理、そして、外国語はフランス語で受けられる。彼女は大学入学資格検定という高い壁を、必ず越えようと決心したのである。

「君がやるなら、僕も勉強を手伝うよ。頑張ってくれ」

えみ子は通勤のお弁当袋に問題集を忍ばせた。一科目ずつ根気よくやるしかないと思った。

休職に入る前、原因不明で倒れ、昭和医大に担ぎ込まれ、一週間入院した一郎は、その後も健康体に戻れぬまま不安定な一年を過ごし、結局、五一年二月に馘首された。会社に籍が残っている間は次の職を探せず、アルバイトで食いつないでいた。

「正式に浪人になったぞ」

一郎は明るく強がっていた。だが、GHQという軍政下でCIEに睨まれたとなると、出版界で仕事をしてゆくのは困難を極めた。CIEの網の大きさ、目の細かさとその力の強大さを思い知らされることになった。

ある出版社で面接を受け、就職できることになり喜ぶと、たちまちCIEからその社に電話がかかる。「村上は無能、無責任、好ましからぬ人物である」と言われて採用は取り消される。

「まったく、CIEのスパイがどこにでもいやがるんだな」

ぼやいても、怒っても、レッドパージは付いてきたのである。そんななかで、友人の紹介で岩波書店写真部の仕事をさせてもらえることになったが、本名では無理で「鳥居明」のペンネームを使った。岩波には名取洋之助がいて小形で値も安い「岩波写真文庫」をシリーズで出そうとしていた。一郎は「写真文庫」の文章や写真のキャプションの仕事をした。

「写真文庫」は一九五九年までに二百八十六冊を出し、「鳥居明」はその三分の一くらいに関係したという。

「実名は使えませんでしたけど、みなさん良い方たちで、気持ちよく仕事が出来たようでした。羽仁進さんなんかもいらしたんですよ。そうそう、いま、有名な映画監督になられた方……そう、羽田澄子さん。あの方が、まだ可愛いお嬢さんで、お使いさんって言ってましたけど、連絡に来てくださったりしました」

一橋の高島ゼミの一年後輩に後に神奈川県知事を務めた長洲一二がいた。長洲の好意で中学社会科の教科書の下原稿書きをさせてもらったりもした。それもCIEを憚って偽名だったが。えみ子の結婚前の判を使い「長谷」の名を用いたが、この名でした仕事は他にもある。一郎はいくつもの仮名用の印鑑を持って歩いていた。友情や人間関係だけが頼りだった。

一九五二年四月二十八日、サンフランシスコ条約による日米講和が発効した。

五月一日、木曜の晴れた朝、一郎は、神宮外苑のメーデー会場に、岩波の人たちと行くと楽しそうに言っていた。お祭り気分で盛り上がった外苑から繰りだしたデモ隊の中にいた一郎は、のちに血のメーデーと呼ばれる流血騒ぎのただなかにいることになった。二重橋前で、デモ隊の投石がきっかけで衝突になり、警官隊はガス弾を投げ、発砲もして死者が出た。共産党員としてさまざまなデモの場数を踏んでいた一郎は、殴られた時の用心にベレー帽の内側にブリキ板を仕込んでいて無事だったが、重傷を負った知人もいた。その夜、仲間たちの無事を確かめ、一郎はまた興奮して帰ってきた。

「あいつらは実弾を打ってきたんだ。殺そうとしたんだ」

一郎は岩波写真文庫の仕事をアルバイトとして続けていたが、日米講和の後、レッドパージが解けると、どちらも友人の紹介で工学院大学の夜学部講師の口もあり、十二月には平凡社編集部に嘱託として入社できた。

真理子は活発な子に育っていた。武蔵野市は当時はまだ麦畑が多く、大きな欅の木々とともに昔の武蔵野の面影が残っていた。真理子は毎日外で泥だらけになって遊び、周囲に子供が少なかったこともあり、近所中から可愛がられた。俊子が買い物に行くときはいつもおんぶされたり手にぶら下がったりして遊びながら一緒に行った。近所では、俊子はえみ子の妹だと思っている人もいた。俊子は「あたしはこの家からお嫁に行きます」といつも言っていた。

ある日、事件が起きた。えみ子は勤めに出ていて、俊子も用足しに出かけていた。一郎は風邪で寝込んでいた。うつらうつらしているところへ近所の男の子が「大変だ！　大変だ！」と駆けこんできた。真理子がヒマラヤ杉に登って下りられなくなっているという。一郎は急いで着替え、救援に駆けつけた。仲良しのその男の子とどんどん登ってゆき、男の子は降りたが、真理子は動けなくなったと道々聞いた。見ると、予想以上に高い幹に真理子がしがみついていた。一郎は驚かせぬよう出来るだけ普通の声を出したとあとで妻に話した。

「マー子、登った時のやり方を反対にやってごらん。こちらからも登ってって抱っこしてやるからな。下を見るんじゃないよ」

小学校四年のしっかりした女の子が先に登って行ってくれた。後から登った一郎は、その女の子に助けられ、やっと下りてきた真理子を抱き取って、みな無事に下りることが出来た。帰宅したえみ子は一郎と真理子、興奮した俊子まで加わって話すその顚末に驚いた。

「おかあちゃま、怖かった。下駄がね、すごくちっちゃく見えたの」

一郎のあぐらのなかにすっぽり抱かれた真理子が「怖かった、怖かった」と繰り返すと、一郎も一緒になって「怖かった、怖かった」と言うだけで、叱りはしない。

そのときだけではない。真理子がいたずらをしたり、お転婆が過ぎて、えみ子が叱っていても、「いいんだ、いいんだ」と一郎は許してしまい、母親としては困ることも再々だった。しかし、いま、波乱の多かった人生を振り返り、えみ子はしみじみと言う。

「娘が可愛くて可愛くて……どうしてこんなに可愛いんだろうって、いつもいつも大真面目に言って。村上と結婚して、それが何より一番、本当に幸せだったと思うのですよ」

五、闘病

えみ子は僅かな時間を惜しんで勉強したが、最初に受検した年には五科目のうち三科目、外国語、世界史、日本史しか受からなかった。女子学院時代は理数系が得意だったという気持ちがあったのだが、物理はまったく歯が立たなかった。勉強から離れて十年、数学も微分積分からやり直したのだったから、大変だった。それだけでも凄いと誰もが励ましてくれた。大検のレベルが高いのはよく知られていたのである。

大学で学びたい気持ちはつのるばかりだった。楽しい職場だったが、通勤と勉強の荷が重すぎた。俊子が結婚することになって、来年こそはと必勝を期したこともあり、えみ子は紀伊國屋洋書部を辞めた。

勤めを辞めて、家で洋裁の内職をしながら勉強することにした。最初の二カ月ほどは駅前の洋裁店の手伝いをしたが、気を遣う割には報酬は安過ぎた。先生と呼ぶ店主とお針子同士の絶えないおしゃべりにも悩まされた。自宅で洋裁の内職をした方が良い。まだ既製服は少なく手製の時代で、月刊のスタイルブックには必ず、綴じ込み付録として折りたたんで分厚くなった型紙が付いていた。スタイルブックと布を持って頼みに来た人はきっと誰かを紹介する。洋裁店より安く、いつも丁寧に仕上げたので、注文は途切れずにあったのである。

すずかけ小路の一角は、天皇機関説で有名な美濃部達吉の屋敷だった。戦後すぐ達吉は亡くなり、息子の亮吉一家が住んでいた。後の東京都知事、美濃部亮吉は当時東京教育大教授だった。長身スマートな亮吉は、いつも颯爽と歩いていた。すずかけ小路草分けの美濃部家は、敷地が一番広かった。

その広々とした庭の一角を売ったのか貸したのか、外国人の牧師が家を建てて住んでいた。えみ子は牧師の奥さんのスーツや子供の外套も縫った。頼まれれば、何でも縫うだけの技量をすでに身に着けていた。

仕立てた服を届けに行ったとき、放されていた犬に噛まれた。大きなシェパードに付いてこられて早足になり、犬の荒い息を背に感じて思わず門へと駆けだしてしまったのだった。手当してくれた牧師は「アナタ、ニゲタカラ」とえみ子を咎め、狂犬病の注射はしてある、心配ないと恩着せがましく言った。牧師夫人が手作りのクッキーを持って見舞いにきた。

「でも謝りは、しないんですよ、向こうの方は。絶対に、謝らないのです。村上が怒って、抗議に行くと言うので止めました。わたくしは、ことを構えるのは嫌でしたから。ご近所ですし、仕事を貰っていましたしね」

それに、もうクッキーは、真理子が喜んで食べてしまっていた。

一九五三年（昭和二十八年）早春、俊子はいつも言っていたとおり、すずかけ小路の家から、目黒の大工の家に嫁いでいった。一郎は小林多喜二全集の二冊を贈り、えみ子は自分の嫁入り支度で大切にしていた組蒲団と、派手になった着物や羽織など、出来るだけのものを持たせた。真理子はいつまでも手を振って見送った。本当の家族のように思っていたのに、里帰りのように顔を見せたのは僅か数年で、やがて俊子の音信は全く絶えてしまったという。

えみ子は二年がかりで大検を突破し、初めて大きな達成感を味わった。

「あのときほど嬉しかったことがあるかしら。あの嬉しさは、忘れられません」

しかし、その年の五月、一郎は結核で重篤となったのである。

レッドパージが無くなり、平凡社に入った一郎は、この頃から本気で文学修業を始めていた。子供向けのシリーズ『綴方風土記』のチームに加わるかたわら「平凡社勤務日録」と「武蔵野日録」の二つの日記を書き、絶え間なく文学作品の筆写もしていたから、家でもいつも何か書いていた。俊子が嫁入りしてから三畳は一郎の書斎専用になり、家にいれば結婚前から使っている二月堂机の前で寝る以外のほとんどの時間を過ごしていた。

平凡社では『綴方風土記』の仕事だけではなく労働組合の設立に奔走し、一方また共産党員としても動いていた。武蔵野市の共産党は、一九四九年に大量当選した頃は党員もシンパも多く、前進座が全員一挙入党で世間を驚かせるようなこともあったが、どんどん衰退していた。

えみ子が覚えているのは、五三年の武蔵野市の教育委員選挙で、無所属革新の土城肇候補を推してずっと熱心に活動していたこと、共産党の本部が党の独自候補を立ててきたが、一郎がその共産党の候補と揃って玉城候補の応援演説にゆき、「戦争反対、基地撤去、左翼統一戦線の拡大」などと演説してきたと愉快そうに話したことだろうか。

外部に対しても党の内部でも思うことを言えない状況であったらしい。理想に燃えて入党した一郎は、党のあり方に批判を強めてゆき、やがて脱党するのである。土城候補は当選し、武蔵野市には革新の風が吹いた。米軍宿舎に反対し、地方自治体で最初に「原水爆反対宣言」が出たとき、一郎がとても喜んだのをえみ子は記憶している。

仕事と労組と選挙の多忙な日々の果てに、一郎は五月二十三日高熱で倒れた。平凡社労組の書記長になって二週間目だった。東大病院のレントゲンで右肺上部に空洞が見つかった。

教授の紹介で医科歯科大の肺外科病棟に入院した。当時、一橋の如水会館前にあった病院のベッドがやっと空いたのである。一郎は肋骨を数本切り、胸郭を変形させて罹患部位を潰す虚脱手術を受けることになっていた。戦後、一九六五年頃までこの手術が多く行われ、背中の歪んだ人は結核だったと見られるほどだった。

大手術になるし、むろん病院に付き添うつもりでその準備に追われていたえみ子は、「スグコラレタシ」という病院からの電報に仰天した。真理子を近所に預け、飛んでいったときは一郎の四肢は硬直し、呼吸困難で酸素マスクをしていた。瞳孔が拡大し、四肢はもちろん、お腹も臍あたりまで冷たくなっていた。

気管支鏡検査は機器が発達し小型化した現在でも非常に苦しいという。当時は検査だけで即死するものがいると噂されるほど苦しいものだった。苦痛を麻痺させるため、気管支に挿入される豆ランプの付いたパイプの先に塗布された〇・〇五ミリグラムのコカインによるショックの発作だったというから、現在ならあり得ない医療過誤ではないかとえみ子はいう。あと一時間発作が続いていたら、死んでいたと聞かされ、震えたのを覚えている。奇跡的に尿意があり、熱湯のようなものが出たとき、麻痺していた下半身の感覚が戻ったという。ずっと後まで一郎は口癖のように妻子に言った。

「おしっこは、えらい！　おしっこは大切！」

一カ月、絶対安静だった。従軍看護婦だった付添の大沼看護婦が、硬直した夫の身体を手際よく清拭してゆくのをえみ子は感心して見つめた。手足はまったく麻痺して感覚がなかったが、ある日、左手の小指が動いた。するとその小指だけ爪が伸びだした。次は左手の中指、やがて左手の全部の指、それから右手と動くようになり、爪も伸びて生き返っていった。

その頃、見舞いに来た友人が、一郎に堀辰雄の死を伝え、えみ子ははらはらした。東監のころ、一郎は学生時代、堀辰雄が中心だった「四季」を愛読していたと話していた。堀辰雄や立原道造には「香気がある」と言ったのを覚えていた。堀辰雄が長く信州追分で結核の療養をしていたことは、一郎の影響で『風立ちぬ』を読んでいたえみ子も知っていた。

「『死のかげの谷』のような日記を書けたらと思ったなあ、若いころ」

遠い目で回顧する声を聞き、ほっとした。

やっと乗った車椅子を大沼看護婦に押され、最初に肺活量を計りに行ったのは、発作から一カ月も経ていた。肺活量は健康時の三分の一に落ちていた。伝い歩きでも自分でトイレに行けるようになると外科病棟は退院である。手術のできぬ結核患者は内科に回され死を待つだけが常識だった時代で、堀辰雄も詩人伊東静雄もそうだった。肺活量が半分にまでは戻ったが、結核の内科病棟に空きはなかった。退院が決まると、死の宣告のように同室の患者から気の毒がられ、えみ子は不安でいたたまれなかった。

「僕は絶望ということは知らぬ人間でありたい」

一郎の精いっぱいの強がりを信ずるしかないと思った時、すっと近づいてきた大沼看護婦がささやいた。

「ご主人は治りますよ。私は死んでゆく兵隊さんをたくさん見て来ましたからね。死ぬ患者さんは分かるんです。死の影が、見えるんですよ。その影が、ご主人にはないから、大丈夫です。時間はかかっても、治ります。頑張ってね、奥さん」

咽喉が詰まって声が出ず、ただ頭を下げたえみ子の背を、大沼の手が撫でてくれた。

退院の日、車を麹町の平凡社の前で停めて貰った。『綴方風土記』や労組の仲間がこの世の別れのように集まって、励ましてくれた。一郎は労組のために奔走したのだったが、その労組のおかげで嘱託の身で会社の保険に入れたのであり、傷病手当も出た。えみ子は保険が本当に有難かった。無職の時に発病していたらと思うとぞっとした。社側の証明書を貰ったり診断書を出したり、事務手続きは『綴方風土記』の仲間が快く引き受けてくれた。どれほど感謝したかわからない。

すずかけ小路の家に戻ると三畳を病室にして、真理子の出入りを固く禁じた。喀痰検査では菌は出ておらず自宅療養になったのだが、それでも感染を恐れた。えみ子の献身的な看護の日々が始まる。五歳になった真理子の元気で明るい声が、夫婦を支えた。

「おとうおかあちゃま、ただいま〜！　って帰って来るんです。おとうちゃまとおかあちゃまがいるんだから、いっぺんに言うのって澄ましこんで」

やっと秋の終わりに東大の沖中内科の結核病棟のベッドがひとつ空き、入院できた。北向きの二人部屋で、空気の澄んだ朝方は、特に上野の山の五重塔が近々と見え、一郎は喜んだ。

それ以上に、平凡社の社員ということで、若い看護婦たちが親切だと一郎は喜んだ。映画スターを扱う月刊誌「平凡」にはなんの関係もないことは伏せたまま、一郎は若い看護婦たちの親切を楽しんでいた。

しかし、気胸も手術も耐えられぬ身体である。長期化学療法の方針が決まり、一カ月ほどで退院した。特効薬であるストレプトマイシンの注射は吉祥寺の開業医、木村先生に頼むことになった。木村先生はほぼ毎日ストマイの注射を打ちに通ってきてくれた。

命じられた安静度三度は、食事とトイレに起き上がる以外は寝ているのが決まりで特に午前午後二時間以上は絶対安静だった。この時間はラジオも読書も、むろん、面会人に会うことも禁じられた。えみ子は病人を介護しながら洋裁もした。少しでも一郎に栄養のあるものを食べさせたかった。

翌年二月、一郎は平凡社を退職した。人事部から人が来て「辞めてくれ」と言われた。

「労働組合と話し合って決定してください。わたし個人で進退すると以後の前例や慣習になってしまいます」

どんなときも自分なりの筋を通さないと気がすまず、一応は主張した一郎だが、退職を受け入れるしかなかった。作ったばかりの労組はまだ非力だったのに頑張ってくれ、退職金が上積みされた。その退職金以上に組合の人たちからの見舞金が集まった。有難かった。

「こんなものがありました」

ケアハウスの一室でえみ子が出したのは、現在の長形3号と同じサイズの、色褪せた茶封筒である。29・5・3の消印が押され、法隆寺壁画の観音の頭部の図柄は臙脂単色、十円切手が三枚貼られている。差出人は一郎、宛先は大学時代の友人、豊島区要町、酒井督介様　梧下とある。梧下は見かけない言葉だが、机のそばの意味で、いまも使われる机下と同じである。一郎は漢字を使った言葉に独特の好みやこだわりが強いが、私信にも表れたといえよう。差出人は武蔵野市吉祥寺の村上一郎、柔らかなペン字である。

大学時代、「一橋文藝」の文学仲間だった酒井は住友信託銀行に勤め、然るべく出世をし、定年後も関連会社の社長を務め、穏やかな人生を閉じている。酒井は一郎が最初に出した同人誌「典型」にはペンネームで加わっていた。個人誌「無名鬼」に自死の後、多額の寄付を寄せ、えみ子は丁重な礼状を書いた。酒井夫妻とえみ子の親交は、督介の死後、女同士の深い友情になった。酒井夫人が衰えを意識し、身辺整理をしたとき、夫がパラフィン封筒に入れて大切に保管していたこの手紙を発見し、えみ子に送ってくれたという。

「その時はまだお元気だったのですけど……今はちょっと衰えられてしまって。お電話しても、なかなか分からないの。やっと、ああ、……って思い出してくださると、泊りに来て、とか、そちらに行きたいとかおっしゃるけど、もう、無理でしょうね。寂しいわね」

手紙は、薄茶色に変色した安手の原稿用紙九枚に、ぎっしりとしたためられ、欄外にまで書き込まれている。読み直して書き直し、書き足している。

「前から一度手紙を書かうと思ひ乍ら、つひ半年ばかりたつてしまつた。いざ筆をとつてみると、思ふことの何分の一も書けさうもない。正月に年始状をもらつた時にでも書いておけばよかつた。が、実はその時も書きかけて、やめて破つてしまつたのだ。それからもう一度、少し暖かくなつてから、床に臥たまゝ旧い手紙類を整理してゐて、君の終戦後つくつた連句をみつけだして、その感動で、手紙をかかうとした。その時は、伊藤のたくさん句を連ねた手紙（多分彼が「万緑」に出してゐた頃の）もでてきた。」

一字空けもせずいきなり始まった最初の原稿用紙の、これで半分である。「床に臥たまゝ」とあるように、結局、足掛け三年かかった闘病中であった。東大病院を退院し、自宅療養になって半年余、病状も好転し、精神的にも肉体的にも長い手紙を書くだけのゆとりができたのであろう。

手紙からは、大学時代から俳句を作っていた酒井督介が、当時「俳句ポエム」という同人誌に加わっており、自作の載った「俳句ポエム」を一郎に送っていたこと、酒井がやや韜晦気味に〈サラリーマン俳句〉を標榜しはじめていたことなどが、察せられる。
一郎は戦後ある時期から音信不通になってしまった友人伊藤を深く案じている。無数の書きこみを入れれば、正味で原稿用紙十枚ほどにもなる手紙は、ペン字が次第に走ってゆくのがよく分かる。床に腹這いのまま一気に書いたと思われる。

「僕は、もう一度、彼にほん気に小説をかくことをすすめてみたくてならないのだ。友情を云々するのではない。まして、友情を一方的に押しつけたくもない。むしろ、編集を職としてきた僕の一つの癖だといふ位の意味で、僕の心事を解してもらへばいゝのだが。(中略)やつぱり君が一つことを、これだけつづけて来たことの強みに対して、僕はかけ値なしに敬意をいだいてゐるといふことだ。」

そして一郎は、学生時代、二人の友人が将来も文学や短詩を追求してゆく力があるとは信じられず、自分自身にもそれだけの自信がなかったと告白する。手紙は続く。

「だからこそ、僕は軍の手先に身を売るやうな一生の過りも犯したのだ。僕はそのやうなデスペレートな敗北に身をおいて、つひには敗戦後痛い自己批判をしなければ許されぬ苦悩をなめたのだつたけれど、そのことと、君や伊藤との僕の関係の歴史は、多分僕の口からいふのは初めてだと思ふ。」

えみ子は夫の口から〈戦争責任〉という言葉を何度も聞いている。学徒動員や赤紙で強制されて戦争に行ったわけではなく、海軍を志願した自分には、戦争に加担した責任があるという確信が、一郎にはあった。東監で安全に楽に戦時を暮らした果てに、空襲の惨禍を報告するためとはいえ、「亡骸を踏んで歩いた」のだ。自分には戦争責任があるという気持ちは揺るがなかった。

一郎は、そういう時代だったからとか、悪い時代だったのだとか、状況のせいにすることをとことん、嫌った。状況のせいで責任はないと考えたり、目を背け、忘れたふりをすることを自分に許さなかった。いつでも、なんでも、すべては選んだ以上自分の責任だと考えた。

それは信条とか思想というより、性格だとえみ子は思ってきたという。

「そういう性格だったし、そういう生き方しか出来ないひとでした」

手紙は、自然主義的リアリズムへの不信から始まる饒舌な文学論、酒井の俳句の批評、イデオロギーと文学の関わりなど長々と述べられ、最後の九枚目になる。やっと病巣が好転してきたと告げ、今後の仕事に思いをめぐらせてから、言う。

「もっと落ついた感覚で言葉をねってゆかないと、僕はジャーナリストの感覚ではものがいへても、作家や評論家としては駄目だと思ふ。勉強はこれからだ。そして一生勉強するほかないと思ふ。君もほんとに晩学を愉しみたまへ。それが一番だ。失敬。」

欄外に、五日後のメーデーには病臥で出られないという長い二伸がある。

「この手紙には、村上の人柄が出ていると思いますの。気負いがちなところまで。このとき三十四か五ですけど、気持ちが純粋で、学生みたいでしょう?」

九十を過ぎたえみ子は、いまや孫のように若いころの夫を愛おしむ。

「でも、酒井さんがこんなに大切に取っておいてくださって」

酒井はのちに一郎の海軍の同期である金子兜太に師事、結社誌「海程」に句を投じ、句集も出しているはずだが、いまのえみ子の手元にはない。

「銀行のような固いお勤めだと、俳句を熱心にやっていると、周囲から浮くとか、良く思われないので、あまり……というようなことを昔、伺ったような気がします。もう、はっきり覚えていませんが」

「信託」という業界誌に、酒井はなんどかエッセイを寄せている。一九七三年四月号には「文楽オンチ」という題で、神戸に転勤になって以来、休日に夫人とともに仲睦まじく文楽見物を楽しんでいる様子を軽妙に書いている。肩書は住友信託銀行神戸支店長である。文学の世界から一定以上の距離を置き、堅実な人生を歩んだ酒井は、何度かこの手紙を読み返したのだろう。大切に保管されていた原稿用紙は、隅々が少しずつめくれていた。

自宅療養の結核患者が嫌われるのは覚悟していたつもりでも、近所の主婦が「この門から一歩でも入っちゃ駄目よ」と子供に言い聞かせているのを聞き、えみ子は悔しさに唇を嚙んだこともあった。そのひとは、自分も町内会の用事などがあっても、門の外から呼び立て、一歩も入ろうとはしなかった。幸い真理子が差別されるようなことはなかったので、そういう冷たい目には黙って耐えるしかなかった。

六、人形

平凡社を退職し、失業保険も切れる頃、『綴方風土記』の仲間からえみ子にフランス語の翻訳の話が持ち込まれた。『綴方風土記』シリーズの完成後、次の『世界の子ども』シリーズが始まり、世界の子どもたちが書いた作文のうち、フランス篇の翻訳をというのである。

アテネ・フランセで学んだり、一橋で聴講したとはいえ、大検の資格しかない自分にその仕事を回してくれた人たちの好意に報いなければと、えみ子は夢中で頑張った。一郎も寝たままながらアドバイスしてくれた。フランスの子供たちの作文は、フランス語の厳密な体系を覚えさせるためのもので、日本の「綴りかた」のように生活感や情感のあるものではなかった。だから、二人の語学力でもなんとかなったのが正直なところだが、家計には、大助かりだった。

おまけに、一郎はこの仕事で知ったフランスの小学校の若い先生と文通するようになり、病床の良い慰めとなった。モンブランの麓のパッシィという町に住むペン・フレンド、M・ヴェルニィとは長く文通が続いた。

一九五五年（昭和三十年）一月、一郎は主治医に執筆を大幅に許された。岩波写真文庫の仕事もおおっぴらに続けられるようになった。東大から順天堂大学に転じ、教授となった土屋先生の、正確なレントゲン読影と診断のおかげだった。ストマイを打ちに通ってくれた木村先生にも、えみ子は感謝を籠めて診察椅子用に、手製の座蒲団を贈った。

一郎は長く夢想していた小説の想を練るようになり、三畳に資料が積まれ始めた。もう、午後の二時間だけの安静であとは仕事や軽い散歩も許されたのだ。真理子は地元の小学校に入学した。えみ子の仕立てた紺のワンピースの真理子と、久しぶりに着物を着た妻が入学式に向かう姿を、一郎は起きて見送ることが出来た。

えみ子は大検に合格して以来の夢をやっと実現させ、慶應義塾大学の通信教育学部史学科に入学した。西洋史を本格的に学びたかった。しかし、生活はえみ子の肩にかかっていた。洋裁のどんな注文でも受け、なんでも縫った。呼ばれれば、注文主の家まで採寸や仮縫いにも出かけた。結核患者の居る家に行くのは厭という人は多かったのだ。

洋裁をし、真理子とまだ半病人の夫の世話をして、それからが勉強だった。それでも、勉強する妻の姿を夫が喜んでくれるのは、なにより張り合いになった。

「真理子が一年生か二年生のときの作文にね、うちのおかあちゃまは、いつもおしごとをしていますね、ねるのがもったいないといつもいってます、って書いたのがあるんですの。おかあちゃまと書くくらいだから一年かしら」

えみ子は思いだして笑いながら、言う。

「でも、いま考えるとずいぶん、がんばったのね。若かったんですね。その頃、村上がよく言いましたっけ。君はたくましくなったねえ、昔はお嬢さんだったのに、って」

そして、えみ子は少し得意そうに言った。

「あのころ、だれかから言われましたね、あなたは見た目よりたくましい、向日性があるって。でも、わたくしだけではなく、女の方が強いのだと思いますよ」

教科書が送られてきて、独習し、郵便で提出したレポートが採点されて戻って来る。えみ子は通信教育の勉強が楽しくてならなかった。真理子が作文に書いたように、寝る時間が惜しかった。一郎の助言もあって仕上げた文学概論のレポートは、自分でも力作だと思った。そして、そのレポートには担当教官のメモが付いて戻ってきた。

「大変立派なレポートで感心しました。今後を期待しています。頑張って下さい」

本当に嬉しかったと、その話をするとき、いまもえみ子の目は輝く。だが、通信教育に必須のスクーリングに通うことは出来なかった。俊子が家にいるときだったらと思わずにいられなかった。結局、二年在籍して中退した。まったく勉強から離れるのは残念だったし、子供の作文の翻訳をやらせてもらった嬉しさを忘れられず、飯田橋の日仏学院に週一度通うことにした。

「ただの奥さんだけでいるのは、いやだったのね。内職はしていましたけど、それだけではなく、何かしたかったのね。だから夢中になって勉強したこともあったのに、もう、フランス語はすっかり忘れてしまいました」

東京商大同窓の連帯感は深く、戦後、一橋大になってからも続き、「一橋文藝」や、社会学部の仲間たちとは特に親交が深かった。一郎はリアリズム文学の再検討を、理論と実作で試みようと同人誌「典型」の創刊を考え、友人たちに呼びかけていた。もう短い外出も許されていた。

当時、日銀に勤務していた海軍の友人阪谷芳直はイギリスのジャーナリストが西安事件を描いた本を翻訳し、その本は一郎が三一書房に紹介したが、日銀にいたためペンネームで研究社から出版された。阪谷はその印税を寄付してくれたので、「典型」創刊が実現することになったのだった。阪谷はのちに日銀から日本輸出入銀行、アジア開発銀行などを経て、評論家、翻訳者としても業績を残している。長い手紙を保管していてくれた酒井督介も一郎の呼びかけに応えた一人だった。彼も勤めのある身で境三郎というペンネームを使った。

一橋の後輩の塩沢清が、早稲田にある大観堂という、戦前、本庄陸男の『石狩川』などの出版も手掛けた古書店の跡継ぎだった。大観堂は現存しているが、塩沢清の没後は、古書は扱っていないという。「典型」は大観堂からの出版が決まり、仲間たちは日曜日ごとに大観堂の二階に集まった。

　えみ子も一度、大観堂の二階を訪ねている。大観堂の塩沢清とは、敗戦の翌年、一郎と日比谷のお堀端を歩いていたとき、偶然出会って紹介されていた。偶然を喜び、話し込む二人から、少し離れて歩いた記憶があった。大学で二年後輩という以上に年若く見えた塩沢が、物腰穏やかな落ち着いた書店主になっていて、ともに店に立つ夫人を紹介してくれた。

　一橋の後輩にあたり、その頃は「英文法研究」の編集をしていた桶谷秀昭が、「典型」創刊の話を聞いて一郎に長い手紙を寄せた。

「とても良い手紙だ」

　夫が少し上気した顔で言ったのを記憶している。桶谷は一九五六年三月末に初めて飯田橋で一郎と会った。桶谷は「典型」の同人となり、二号から発表した評論を、一郎は「清新の気を吹き込んでくれた」と喜んだ。桶谷はすでに、文芸評論家として一家をなす片鱗を示し、大観堂に顔を出す常連になった。一郎より十二歳若い桶谷は、一郎のよき理解者、親しい友人となり、死後も長い年月、なにくれとなくえみ子を支えている。

「典型」第一号は一九五六年四月に出た。一郎はずっと温めてきて、ライフワークと称した『東国の人びと』第一部『阿武隈郷士』の第一回を載せた。天皇を始めとした薩長の藩閥など、常に西からの力に圧され、貧しい土にしがみついて生きてきた関東以北の人びととの生きざまを、第一部・明治維新、第二部・自由民権運動、第三部・大逆事件前後、第四部・関東大震災と四つの事件に焦点を置いて描くという雄大な構想だった。一郎は機嫌良く酔ったときなど、えみ子に夢を語るようにこの構想を話すのだった。

「ずっと『東国の人びと』を書き上げるまでは死ねないと言ってました。だから、わたくしに油断があったのかもしれないの。書き上げていないから、まだ大丈夫とどこかで思っていたような……」

その第一回を読んで、師と仰ぐ久保栄が励ましてくれたと一郎は喜んだ。

久保が招待してくれ、一郎はいそいそと出かけて行った。ゴールデン・ウィークの終わりの一日、〈駒形どぜう〉でご馳走になり、祝杯をあげてもらい、浅草散歩をして、一郎は雲を踏むように帰宅した。

「実に有難いよ。先生の十年のご教示あってこそ書けたんだから。こんなに嬉しい楽しい日があっていいのかね」

一九五七年、一郎は海軍時代の友人の口利きもあり、「日本評論」時代のルポルタージュの手腕が評価され、東洋経済新報社の「総合」の編集部に副編集長格で入った。こんなに大きな会社に正社員で勤められる機会は二度とないとえみ子は思った。岩波の写真文庫はもう終わってしまったし、病後、臨時で入った合同出版社も半年足らずで辞めた。金を借りるなら固い会社の月給取りのいましかない。えみ子は住宅金融公庫で借り、トタン屋根を瓦屋根に葺きかえ、廊下と六畳を建て増ししたのである。

狭すぎる三畳の替わりに一郎の書斎にするつもりだったのに、何故かその頃の一郎は三畳に執着し、動こうとしなかった。一郎は「総合」でまたばりばりルポルタージュを書き、「農村の夢と現実」「アルバイトの夢と現実」を、作家埴谷雄高が論壇時評で取り上げてくれた。本や雑誌は増えるばかりで増築した六畳にも本が積み上げられた。その部屋で洋裁をしながら、えみ子は夫が原稿を次々に発表してゆくのが嬉しかった。

それなのに、一郎はまた失職し、フリーの編集者になった。せっかく入れた「総合」編集部だったし、ルポルタージュの仕事に励んでいたのに、「総合」は翌年廃刊になってしまったのだ。同人誌「典型」は持ち出すばかりで原稿料は入らない。マイナーな雑誌からの注文はぽつぽつあったし、『東国の人びと』の続きをせっせと書いていたが、出版されて原稿料が入ったのは失業保険が切れてからだった。

えみ子は夫の失業保険が切れる前に、仏訳を回してくれた平凡社の知人の紹介で中教出版という教科書会社に勤めた。建て増ししたときの借金が残っている。働かないわけにはいかなかった。仕事を世話してくれる知友の有難さが身に染みた。

夫が家で書き物をする日には、自分の弁当と一緒に、もうひとつ弁当を作って出勤する生活が、二年近く続いた。もう、飯田橋の日仏学院に通うゆとりはなかった。えみ子の何度目かの挫折であった。

久保栄と一郎の会食は、〈駒形どぜう〉が最初で最後になった。一九五八年、久保栄は自殺する。一郎は「久保栄の棺をおおうて――村山知義氏に問う」、翌年「久保栄と新日本文学」などを書き、日本共産党を脱党した。えみ子には、その前後の記憶は不思議なほどにないという。共産党から気持ちが離れていたのは知っていたし、一郎は、改めて妻に話すこともしなかったのだろう。

『東国の人びと』第一部『阿武隈郷士』第二部『天地幽明』が刊行され、『久保栄論』が出版された。どれも多く売れる本ではないが、一郎の言う「めしを食うため」ではなく、一郎が書きたくて書いたものだった。夫のために、次々と著作が出版されることを喜んだが、えみ子は自分は村上一郎の愛読者ではなかったと控えめに、しかし、はっきりと語る。

「わたくしはね、あのひとが、自分のために書いたのではない、原稿料のために子供や若い人向けに書いた本が好きなんですのよ。天邪鬼なのね」

『私たちの将来・私たちの職業』という、児童書専門の三十書房から出た子供向けのシリーズがある。二年間に三十巻のシリーズのうち五冊、「水産と漁業」「鉱山ではたらく人びと」「機械工場」「電気・ガス・水道のしごと」「学校研究所ではたらく人びと」を一郎は担当した。子供向けの本だが、ルポルタージュのために現場を歩いた経験を踏まえ、解かりやすく子供の心に届くよう心を砕いて書いていたという。

「そういう教育的な仕事が好きで、決して手を抜かないひとでした」

活発な少女だった真理子はもう小学校の高学年になっていた。正直な作文を書いて両親を笑わせたり、男の子と一緒に外を駆け回り、秘密基地作りに励んだりしていた頃とは変わり、作文を好まなくなった。理科や算数が好きになり、女の子同士で遊ぶようになった。一郎は相変わらず「真理子は可愛いねえ」ばかりで、何の心配もせず、のびのびした子供時代を過ごさせてやれれば、それでよいという考えだった。

ところが意外にも、真理子自身が私立を受験したいと言い出した。吉祥寺という土地柄もあって、クラスで受験熱が高まり、影響されたらしい。真理子は母の母校、女子学院を受験することになった。昔は特に受験勉強などせず入学できたと思ったが、もう女子学院には、受験のための勉強が必要だった。有名私立を受験する仲良しの女の子三、四人で家庭教師を頼み、友達の家に集まって勉強していた。

真理子が中学生になれば、もう親とは関わりのない自分を模索し始めるだろう。一郎はいつまでも「真理子は可愛いなあ」だったが、母親の目は、娘が自分とは違う女に成長してゆくのを感じ取っていた。少女時代の自分が、封建的な環境のなかで従順に振る舞ってはいても、周囲にどれだけ批判的な目を向けていたかを思った。真理子には真理子の人生がある。いつか成長した真理子を気持ちよく送り出してやれる自分でありたい。えみ子は、そのためにも、自分だけのものを持ちたかった。

結局、大学は無理だったし、フランス語も挫折していた。勉強からも読書からも遠ざかるばかりだった。実家で否応なく習わされたお稽古事にはどれもいまさら魅力は感じないし、教えるほどのものはない。特別な才能のない自分が歯がゆかった。何をしたらよいのだろう、何かしたいと、気づくとその思いに捕われる日々が続いた。えみ子は夫を愛していたし、生活を支えている自負もあった。それでも、妻というだけでは、どうしても物足りない自分をつくづくと知った。

ひとり自問自答を繰り返していたえみ子のもとに、夫の転勤に従い、名古屋で暮らしていた東監時代以来の親友、由里子から、久しぶりの便りが届いたのは一九五九年八月だった。新宿伊勢丹で開かれる創作人形展に由里子の作った人形が入選し、出品されるという。展覧会を観るためにちょうど夏休みの子供たちを連れて実家に帰る、会場で逢いましょう、という手紙だった。

戦前、日本美術倶楽部社長だった祖父の血か、由里子は美術が好きで、簡単なスケッチだけでもびっくりするほど上手だったし、戦後の娘時代は展覧会に誘われたことも多い。だが、その手紙で初めて、由里子が名古屋のデパートで偶然、人間国宝になった堀柳女の作品を見初め、その系列の名古屋在住の先生のもとに弟子入りしたことを知った。子供たちの手が離れたこともあり、由里子がいまや創作人形に情熱を燃やしているのがよくわかる手紙だった。創作人形と言われても、えみ子にはピンと来なかった。

さわやかな秋晴れのその日、伊勢丹の入り口で二人は手を取り合って喜んだ。

「嬉しいわ、由里子さん。とってもお元気そう」

「えみ子さん、あの頃とお変わりないわ」

戦争中の東監で、二十歳前後で出会ったふたりが、三十代半ばを超えていた。由里子は明るく元気で、生き生きとしていた。

「で、村上大尉《だいい》はもうすっかりお元気なのね、あの村上大尉《だいい》は」

昔の言い方をわざとして、自分から笑い出す由里子だった。展覧会の会場まで、一瞬も休まず由里子はしゃべり続けた。子供たちが少し手を離れ、どうしてもなにかやりたかったという由里子の気持ちは痛いほどわかる。そんなとき、由里子は創作人形と出会ったのだった。

「難しいのよ。細かい工程が多くてそのひとつひとつが大変で。でも、難しいから面白いのよね。難しいから、夢中になってしまうの」

会場につくと由里子はおしゃべりをやめた。ひとつひとつの人形を食いいるように見つめる由里子は、もう、自分の世界を持っているとえみ子は感じた。

ひとつひとつの人形が、それぞれ何か言いたいことを持っていると感じながらえみ子は人形を見ていった。叱られたらしく、しょんぼりしている現代の女の子や、肩上げの着物を着て手毬を抱えた愛らしい童女もいたが、大方は大人の、それも中年の女性像であった。丸髷の中年の女性がふと家事の手を止め、小首をかしげていたり、飛鳥時代かと思われる衣装の女が宙をきりりと見上げていたりする。持統天皇をイメージしているのだろうかとえみ子は思った。どれも、作者が表現したい何かがあって作ったことがよくわかった。

「面白いでしょ」

由里子がささやく。頷いて、訊いた。

「由里子さんのは？」

「これ」

誇らしさと照れくささに上気して由里子が指さした人形の名前が思い出せないと、いまのえみ子は嘆く。リアルではなく、全体に簡略化された、とてもモダンな像だったことだけ印象に残っているという。

その日、ふたりは時間を忘れて話し込んだ。創作人形は、出来ているボディのパーツを組み合わせ、布を張って仕上げるものとはまったく違う。こういうものを作りたいと思うイメージをデッサンすることから始める。イメージが固まったら粘土で造形して、その後ボディの桐の木を彫り、頭を作り、手足を作る。桐の木の粉を生麩糊で練った桐塑《とうそ》を木の上に少しずつ付けて細かい造形をし、その上に胡粉《ごふん》を塗って手足や顔を仕上げ、髪や眉、目などを筆で描く。ボディには布や和紙を貼る。胡粉は牡蠣の殻の白い部分の粉だということを、その日初めてえみ子は知った。

「胡粉をね、よく擂ってから、膠《にかわ》で練るの。膠を煮てとろとろにしたので少しずつ薄めるんだけど、お天気が悪いと仕上がりが良くないの。そうなったらもう、使えないのよ。湿度に左右されるのよね。濃い絵具みたいになった胡粉を何度も何度も塗って、乾かして、瞼とか唇の部分なんか、何度も塗れば、僅かな厚みで微妙に表情が変わるのよ。それから磨くの。とにかく難しくて、ほんとに、なんでこんなことに手を出したのかと思うくらい」

自分もなにか表現したい。創作人形を作ってみたい。熱い思いが膨らんだ。絵画も彫刻も習ったことはない。できるかしらとためらったが、由里子は奨め上手だった。だが、えみ子が惹かれた理由の半分は、由里子が何度も力説した難しさだったかもしれない。

「すぐ出来るわよと言われていたら、やらなかったと思います」

由里子の師、山本としが月一度、名古屋から早稲田の弟子の家まで、桐塑人形の出稽古に来ると聞き、早速入門した。一郎は妻が人形作りを習いたいと言うと、すぐ賛成してくれた。

「やりたいことが見つかってよかったじゃないか。是非、やりたまえ」

夫の応援があれば、怖いものはない。月一度の稽古にゆくだけで、あとは家でこつこつ作るのは、えみ子の生活には合っていた。

　夢中になって人形と取り組み、二年後にはもう、地元武蔵野市の文化展に小品ではあったが、二つ出品できた。真理子が小学校の低学年だったころの姿を思いだしながら作った。ひとつは「原っぱ」という題で、少女が原っぱに寝そべって、頬杖をつき、空を見上げている。片足は膝からまげて宙を蹴っている。人形を黒い漆の台の上に置くだけで、原っぱが感じられるようにと苦心した。もうひとつは「ブランコ」だったと思う。

「生き生きしているよ。とても可愛い。えみ子はいいものを見付けたね」

　一郎はとても喜んだ。

「形を残せるのは、いいね。……この次は木登りをしている真理子の人形だな」

　父の冗談を真理子は喜ばなかったが、えみ子は嬉しかった。翌年は張り切って、二十センチほどの高さの若い日本髪の振袖の女性像を作った。両手をのびやかに広げ、空を仰いでいる。空を見上げる顔や、顎から首への造形にどれほど苦労しただろう。若い時に着た若草色の着物の、無地の部分の端切れを人形の着物に嵌め込み、裾模様は別の着物の柄を切り抜いて貼り、金糸で縁どりするなど、丁寧に仕上げた。「五月晴」という題にした。

　自分では気に入る出来栄えだったので、えみ子は由里子の出している現代女流人形展に出品したのだが、落選した。先生に「あなたの人形は大人しすぎるわね。弱いのです」と言われた。風にふくらんだ袂など、工夫したのだったが。

「そんなことはないだろう。これはいい人形だよ。東監の頃の君の面影がある」

一郎は慰めるというより、本気で気に入って書斎に置いた。その人形を一郎の柩にそっと忍ばせる日がくることなど、まだ知る由もなく、落選したことで、ファイトのわいたえみ子だったのである。人形作りは、趣味以上のものになり、その後、ずっとえみ子を支えた。

桐塑人形から始めた最初の先生は都合で出稽古に来なくなってしまった。一郎の友人の奥さんがやはり人形を習っていて、堀柳女の直弟子を紹介してくれた。家里美千子という師に巡り合い、えみ子はより本格的な木彫衣装人形を志すようになった。その教室が、家里の死で閉じられるまで、えみ子は三十年以上通った。

「本当に良い先生でした。村上の病気で行かれなかったり、いろいろありましたけれど続いたのは先生のおかげです。美術の基礎がないので大変でしたし、先生にはよく〈やる気があるのか無いのかわからない人だよ〉なんていわれましたけど、根気よく教えて下さって……。家里先生にも、あんたの人形は大人しすぎると言われましたね。もっと強く自分を出しなさいってよく言われました」

まず何を表現しようかといつも考えるようになった。時間があれば写真集や画集を見たり、本を読んでいても登場人物の姿勢、仕草が気になった。桐の木片やら、布やら和紙やら胡粉やら、そして彫刻刀やらと、人形用の物が増えていった。やがて、日本伝統工芸展に出品を重ねるようになるまでには、長い時間がかかったのだった。

七、六〇年安保闘争

一九六〇年（昭和三十五年）、えみ子は夫と一緒に安保反対のデモに参加した。

六〇年安保反対闘争は、現在では想像しがたいほどの大きなうねりとなって盛り上がっていた。前年十一月には文化人・芸術家が安保批判の会を結成した。その安保批判の会のデモだったと思うが、詳細は記憶にない。日比谷公園に集まり、銀座通りを新橋までシュプレヒコールをしながら歩いた。何人もの作家や著名人を見かけたが、解散の土橋交差点の近くで佐多稲子を見たことが印象に残っているという。

「あのとき五十代の半ばくらいでいらしたでしょうか。地味な姿なのに、しゃきっとされていてすぐ分かりました。立派だなあと思いました」

戦前、小学校を五年で中退し、女工の身から作家となった佐多稲子の作品は、当時広く読まれていた。えみ子は尊敬の念で、デモの人混みの中のその人を見つめたのだった。

六〇年一月十九日、アメリカのホワイトハウスでアイゼンハワー大統領立ち合いのもと、岸信介首相ほかが署名し日米新安全保障条約は調印された。冷戦時代だった。この三年前、ソ連が世界初の人工衛星スプートニク一号の打ち上げに成功し、続いて犬のライカを載せた二号の打ち上げにも成功していた。ロケットによる大陸間弾道弾開発に遅れを取ったアメリカは、極東戦略のために日本を前線基地化しようとしていた。

戦争はまだなまなましく人びとの記憶にあった。アメリカに迎合した新安保条約批准を進めたのは、戦時中の閣僚であり、A級戦犯は不起訴で逃れたものの公職追放された岸首相だった。連日のようにデモが行われていた。アメリカの戦争に巻き込まれるのはいやだという素朴な気持ちを抱く人が多数だったという。決して、特別な運動家とか、思想を持った人々の反対運動だったのではない。真理子が学校で友達に「真理子ちゃんのお母さん、デモに行って偉いねえ」と言われたと話したのを、えみ子は覚えているのである。

一方で、共産党や社会党は闘争の主導権を争い、共産党の影響下にあった学生運動は分裂し、共産主義者同盟（ブント）が闘争を牽引し、先鋭化していった。

五月十三日までに衆参両院が受理した安保反対請願書は十五万七千余通、署名は二百五十五万八千人を超えた。この頃の一郎は都合のつく限り連日のようにデモに参加していた。出版社のデモもあれば、文学関係者のデモもあった。頻発するデモには学生だけではなく大学教授団のデモもあった。四月には東大教官三百五十三人が安保反対声明を出していた。六月四日の総評のゼネストには全国五百六十万人が参加した。この闘争がその後の学生運動や七〇年安保闘争と違うのは、全国で一般の市民が参加したことである。すずかけ小路の周りでも、子供たちが「アンポ、ハンタイ!」と叫んで遊んでいた。

六〇年六月十五日、全国で五百八十万人がストに参加し、東京では十一万人の抗議のデモ隊が国会議事堂を包囲した。人びとの多くはまだ、これだけの民意、これだけの反対の声を政府が無視することはできないはずだと信じていた。

国会正門前に集結した全学連の学生たちは突入を図り、放水などで阻止しようとした警官隊と衝突した。そのなかでひとりの女子大生が死んだ。死亡した東大生、樺美智子は、二十二歳だった。

学者の家庭に生まれ、正義感の強い真面目な勉強家だった樺美智子は、自室の机に卒業論文用の『明治維新史研究講座　第四巻』を開いたままデモに参加し、自治会副委員長として先頭に立っていた。クリーム色のカーディガンに白いブラウス、デモのため途中スカートから穿き替えた紺のズボン姿だった。警官隊は学生の転倒による圧死と主張、学生側は機動隊の暴行による死亡と主張した。

少女ひとりあはれ泥土に絶えしめて柩《ひつぎ》をめぐり争ふは誰ぞ　『撃攘《げきじょう》』

「そうですか、いまになっても樺美智子さんの死の原因は、インターネットでいろいろに言われているのですか。村上はインターネットなんて夢にも知らずに逝きましたから……」

樺美智子の死は多くの人に衝撃を与え、マスコミは警察を批判した。翌日、閣議でアイゼンハワー大統領の訪日延期要請が決まった。六月十八日には国会議事堂に三十三万人のデモが押し寄せ、取り囲んだ。しかし、六月二十三日、批准書が交換され、日米新安保条約は発効した。

「いまの安倍さんは岸さんのお孫さんですよね。戦争の現実なんか何にも知らないで、あんな早口にものを言って……怖いですね」

いっさいのことば死に果て夜は白み己れを責めることしげきかな（六月十九日未明）

『撃攘』のこの歌は、附記されているように、十八日のデモから深夜になって帰宅した一郎が、言うべき言葉もなく打ちひしがれている自分を責め、眠れぬままに迎えた未明に作られた。

「どんなときも、おのれを責める……村上らしい歌ですね。あのひとの気持ちのなかでは、樺美智子さんは」

えみ子は思い出の中をまさぐるようにしばらく考え、言った。

「特攻隊で亡くなった人と同じだったのですよ。負けると分かっていて、でも命を懸けて戦った。立場は違っても、どちらも自分のためではなく、日本を護ろうとして死んだ、村上はそう思っていました」

六〇年安保闘争の敗北は、闘争に参加した多くの人びとに長く深い無力感を残した。

國學院大學の学生、岸上大作は短歌を作りながら安保闘争に参加し、樺美智子の死んだ六月十五日には警棒で頭を殴られて血を流した。「意志表示」三十首で短歌研究新人賞に推薦されたが、この年二十一歳で自殺した。安保闘争にも恋にも破れ自殺した岸上の残した歌集『意志表示』を一郎は愛惜した。

面ふせてジグザグにあるその姿勢まなうらながら別れは言えり
請い願う群れのひとりとして思う姿なきエリート描きしカフカ
証かされているごとき後退ポケットについに投げざりし石くれふたつ
美化されて長き喪の列に訣別のうたひとりしてきかねばならぬ

一郎の著作の中で、えみ子がもっとも好きだという『人生とはなにか』は、六〇年安保の後の、昭和三十七年に書かれ、翌年、社会思想社の出した現代教養文庫の一冊となった。このなかに一郎はこの四首を（故・岸上大作『意志表示』より）として引用している。

血と雨にワイシャツ濡れている無援ひとりへの愛うつくしくする

意志表示せまり声なきこえを背にただ掌の中にマッチ擦るのみ

岸上大作の『意志表示』の歌としてよく知られるこの二首の入らない選び方には、一郎自身の心情が投影されているのだろうか。

『人生とはなにか』で、一郎は入間野英太郎という自分の分身を登場させている。アプレ・ゲールの心理と生理をもってはいるが、センチメンタルで、時に激情的だと自認している編集者であり、小さい学校ふたつの講師だという。

この本の最後に「フランスの山びこ学校——M・ヴェルニィへの手紙」が置かれている。病床にいたころえみ子の翻訳した『世界の子ども』フランス篇の縁で文通した、一郎の手紙の原本が使われた。M・ヴェルニィとは、よほどうまがあったのだろう、足かけ十年、ふた月に一回ほどの手紙のやりとりをし、プレゼントを送り合ったりした。アルプスの大きな牛の鈴が届くと、一郎は喜んで玄関に飾った。こちらからは凧や、日本刺繍の小物を送ったりした。

『人生とはなにか』には、「ことばを大事にせよ　ある社会運動家に」という章があり、いきなり「日本の革新運動は、長くことばを軽んじてきた。これはいけないことである。根本的にいけないことである」と始まる。吉本隆明、岸上大作、岡井隆、前登志夫、寺山修司、金子兜太の作品を引く。

「自分のことばでものをいいたまえ。借りもののことばを、つい使ったら、それを心から恥じたまえ。とくにそのことばが、外国のテーゼの借りものであったとき、絶望的に恥じたまえ。そこから、すべてははじまる」

戦後教育では漢詩をないがしろにしていることを指摘し「とんでもない間違いで、漢詩を日本の文学史から排除しては、現代詩も小説もよく解することはできません。」と断言している。「あのひとは〈めしを食うため〉と言う本でも、若い人向けだと思うと本気で熱く述べてますでしょ」

詩歌への傾倒もまた、若い日から変わらぬものだったとえみ子はいう。手紙の末尾に、自作の歌を書くのも、若い恋愛時代からの癖のようなものだった。原稿として書いても、書簡体にはおのずから手紙の癖が出たのだろう。

「本当に、手紙が好きなひとでした。わたくしもどれだけ手紙を貰ったか」

えみ子は増築の借金を返し終え、中教出版をやめたものの、また近所の小さな工場の事務員として働いていた。いまでいうパートである。一郎の収入は不安定で、受験する真理子の学費が心配だったのだ。

安保の翌年、真理子は女子学院中学に合格した。初の制服姿の娘に、一郎はすっかり照れてしまった。

「そうして、やっぱり、真理子は可愛いなあ、なんですよ」

娘より父親の方が嬉しそうな笑顔の写真が残っている。一郎は初めて電車通学する娘が心配でたまらず、吉祥寺から市ヶ谷まで付いて行った。真理子に嫌がられると、隠れて付いて行った。結核になる前からベレー帽を愛用していたが、病後はストマイやパスなど、結核の特効薬の副作用だと主張する白髪が増え、ベレー帽を放さなかった。黒のベレー帽で、すぐ分かるのにと娘に何度か言われて、付いてゆくのをやめた。

安保闘争さなかの六月、一郎たち同人は「典型」第七号を発行し、この号をもって解散していた。第五号に吉本隆明の論文「芸術運動とは何か」が載ったのは、「総合」編集部の同僚だった奥野健男の紹介による。

六一年九月、全学連の学生から批評家として圧倒的に支持されていた吉本隆明と、谷川雁と村上一郎の共同編集で自立の思想を掲げて「試行」が創刊された。一郎は以前から吉本の詩を高く評価していた。

張り切って毎日長時間机に向かい、一郎は自伝的な短編小説や評論を次々書いていた。

「あのころはみなさん、よく行き来してました。家族ぐるみで遊びに家に行ったり来たりも多かったんですのよ」

夏休み、海で泳ぐのが好きな吉本隆明一家が毎夏過ごす西伊豆の土肥海岸に誘われたが、一郎は水泳が苦手で行かず、えみ子が真理子を連れて行ったという。

「吉本さんはほんとに海がお好きでしたね。毎日泳いでいました。お嬢さんが二人で、いま、ばななさんになってるのは下のお嬢さんですよね。吉本さんはそそっかしい方で、いろんなおかしな失敗談があって……昔話です」

気持ちのゆとりがあったのだろう、一郎は限定一部自家版と称し、俳句や短歌の小さなノートを手作りし、知友に贈ったりした。

原稿収入も増えたし、一郎は六二年の春からは紀伊國屋書店出版部編集課に勤めることになった。えみ子が紀伊國屋洋書部にいたのは僅か一年だったが、付き合いが残っていた。当時の部長が専務になっていて、一郎を招いてくれたのであった。編集者こそ天職と自負していた一郎が張り切ったのはいうまでもない。
えみ子はパートをやめた。以前からの客に頼まれれば洋裁の仕事はしたが、ますます人形に打ち込むだけのゆとりが生まれていた。あとになって考えれば、それは一郎を躁鬱病という黒雲が襲う前の短い晴れの日々であった。

紀伊國屋書店出版部編集課に入った一郎は、紀伊國屋新書の編集者として活動を始める。まず企画し、実現させたのが歌人岡井隆と俳人金子兜太による『短詩型文学論』だった。戦前の学生時代から齋藤史の『魚歌』を熱愛していた一郎は、戦後の前衛短歌に強く心ひかれ、短歌雑誌もよく読んでいたという。フリーの編集者の時代には、ものになる新しい才能を探す職業的な本能もあったのだろう。

革命歌作詞家に凭りかかられてすこしづつ液化してゆくピアノ　　塚本邦雄『水葬物語』

前衛短歌は昭和二十六年刊行の『水葬物語』巻頭のこの一首から始まったといわれる。鮮烈、斬新な比喩によって、それまでの短歌とはまったく異なる、思想を詩として表現する可能性を拓いた。

五月祭の汗の青年　病むわれは火のごとき孤独もちてへだたる　　塚本邦雄『装飾楽句《カデンツァ》』

日本脱出したし　皇帝ペンギンも皇帝ペンギン飼育係も　　同『日本人霊歌』

五月祭は、今は、東大の学園祭と思われるかもしれないが、これはメーデーの歌だとえみ子はいう。この歌の〈病むわれ〉は、病気ではなく心の状態かもしれない。だが結核で寝ていて、メーデーに参加できないことを友人への手紙に記した一郎には〈火のごとき孤独もちてへだたる〉が、胸にしみたのであろう。「日本脱出したし」は、安保のあと、一郎は何度か呟いていたという。

塚本とともに前衛短歌運動の旗手となった歌人岡井隆と一郎は吉本を通して知り合っていた。岡井は多忙な勤務医でありながら吉本隆明と定型論争を繰り広げた論客だった。岡井が一九六一年から雑誌「短歌」（角川書店）に連載している「現代短歌演習」という評論を読んで、一郎は白羽の矢を立てたのである。

旗は紅き小林《おばやし》なして移れども帰りてをゆかな病むものの辺《へ》に　岡井隆『土地よ、痛みを負え』

装甲車蘆原なかを迷い居《お》り　風の革命を鎮めんと来て

医師である岡井も六〇年安保闘争に参加していた。デモの渦の中の装甲車を見つめ、闘争に敗れ患者の元に帰ろうとしている医師である自分を、古典的な修辞を駆使して歌っている。のちに岡井は失踪し、短歌から離れ九州で医師として数年を送ったが、五年後、歌壇に復帰した。短歌だけでなく、詩や評論でも高く評価されている。近藤芳美亡きあとの「未来」総帥であり、芸術院会員であり、歌会始選者となり、革命を歌った歌人の変節と論争が起きた。二〇〇七年からは天皇皇后に短歌を講ずる宮内庁御用掛も務めている。

「村上は躁の時はよく出て歩いて、竹内好さんとか、よそのお宅にいきなり伺って、独演会をしてご迷惑をかけていました。岡井さんのところにも何度か行ったようです。村上が多摩美大にいたとき、岡井さんを校医にお迎えしたのではなかったかしら。岡井さんもうちにいらしたことがあります。岡井さんはお医者さんですから、村上の病気のこともよく分かってくださって、うまくあしらってくださったんだと思います」

えみ子は記憶をまさぐる。

「岡井さんが失踪したのは三島さんが亡くなった年だったのではないかしら。夏でした。女性問題で、職場も家庭も短歌も捨てて失踪されたでしょ。そのとき、わたくしは岡井さんなら、あるだろうと思いました。その頃、あの方はね、なんというのかしら、男の精気というか、色気というのかしら……なんといえばいいのかしら、なんともいえないぎろっとしたものを発散させていらしたの。あの岡井さんなら、どんな女性問題を起こしても不思議ではないと思いましたよ」

近年、岡井の出した自伝的小説『わが告白　コンフェシオン』をえみ子は移動図書で借りて読んだ。三度妻子を捨て、三十二歳若い妻と暮らす、歌人として最高位を極めた主人公が、八十歳を過ぎてその人生を告白する小説である。

「なんでこんなことを書かれるのかしらと何度も思いながら読みましたが……でもね、吐き出したくなったのよ、きっと。わたくしは、そう思いました。歳を取って、もう、終わりも近いでしょう、吐き出したくなるのです。解ります」

岡井は村上一郎の自死の年、劇的な歌壇復帰を果たし、以後、著作は数え切れない。

「岡井さんは村上の歌を述志の歌と書かれています。その通りだと思います。村上の歌は古風で固いでしょう？　ずっと古風のままでした。村上はほんとに短歌が好きでしたけど、新しい歌は作れなかったのですね。自分では作れないからこそ、村上は前衛短歌の方たちに肩入れしたのかもしれませんね」

もう一人の金子兜太は海軍主計科短期現役として、海軍経理学校第一分隊の同期であった。東監で楽をした一郎とは違い、金子はトラック島の施設部隊に配属された。トラック島は太平洋戦争の激戦地のひとつで、大空襲ののち見捨てられ、疫病と飢餓により、兵の七十五パーセントが死んだ。生還できたのは千六百二十八人、死者のほとんどが餓死だったという。金子は奇跡的に生還できた一人だった。日銀に復職すると、勤務を続けながら社会性の強い俳句を作っていた。朝日俳壇選者で、現代俳句協会名誉会長の金子は一九一九年生まれである。百歳近い現在も、「梅雨空に『九条守れ』の女性デモ」を広報誌に掲載しなかったさいたま市の公民館の文化的貧しさ、萎縮した自己規制を生む空気の危険性を指摘するなど、硬骨の批判精神は健在である。最近では安保関連法、いわゆる戦争法案の衆議院強行採決を反対する国会前でのプラカード、「アベ政治を許さない」の揮毫が話題になった。

「村上の三十回忌にいらしてくださって以来、お会いしていませんが、金子さんは豪快で男らしい、情の厚い方ですよ」とえみ子はなつかしむ。

銀行員ら朝より螢光す烏賊のごとく　　『金子兜太句集』神戸支店時代
彎曲し火傷し爆心地のマラソン　　同　長崎支店時代

『金子兜太句集』と俳句における造形の理念の提唱により、金子は前衛俳句の旗手だった。ふたつの短詩型の旗手を揃えた『短詩型文学論』は六三年に刊行され、評判になった。名著と評価され、二〇〇七年に復刻されている。

一郎は編集者として活躍しながら、それまでの短歌への関心を集約させ、評論集『日本のロゴス』を刊行した。

「あの本を読んで下さると、村上がどんなに短歌が好きだったか、解っていただけると思うのです。あのひとは、短歌や俳句がいまの文学の世界で不当に冷遇されていると思っていました。短歌を抜きにして近代文学は語れないと思っていたんです」

前衛短歌に心ひかれたのも、昔、駿河台の屋敷で齋藤史を朗誦してくれた頃から変わらない一郎だったとえみ子は言うのである。

八、「無名鬼」

一九六四年（昭和三十九年）六月、「試行」の同人会は解散し、以後は吉本隆明単独編集となった。その後、吉本は『言語にとって美とはなにか』や『共同幻想論』で全学連世代からカリスマ的に崇められる存在となってゆく。

十月、一郎は単独編集の文芸誌「無名鬼」を創刊した。「無名鬼」は一郎が愛し、たびたび揮毫した、寒山の詩句から取られた。

生キテハ有限ノ身トナリ
死ニテハ無名ノ鬼トナル

えみ子はミッションスクール出身で漢文は勉強しておらず、この詩句の意味を夫に訊ねたことがある。一郎は晴れ晴れとした顔で説明した。

「あるところに手跡は縦横で、身体はたくましい立派な男がいた。だが、生きているうちは自分の望むところまでは行かれないし、死んでからは無名の亡者に過ぎない。そういう詩のなかの句だよ。漢詩の中で鬼というのは亡者なんだ。悟りなど得られず、成仏などできず、永遠にさまようんだ」

「そんな寂しい言葉なの」

「いやいや、寂しくなんかない。心ある男はそんなもんさ。男は無名の鬼でいいんだ」

夫の屈託のない子供のような笑顔に、なぜ不安を感じたのかわからない。

「昔からそういう男はたくさんいた。それでいいじゃないか、白い雲に乗って遊ぼう、仙人の気持ちを教えてあげよう、そう続いていく詩なんだよ」

あなたの身体はたくましくはないのに、病気ばかりしているのにと思ったが、えみ子は口には出さなかった。不安はあったが、漢詩のことは自分には分からない。「徹底して自分らを苦難の地点におくことにおいてのみ何をか展く営なみあるを念じ、『無名鬼』を創刊する」とあとがきに書く夫の意気込みに水を差してはいけないと思った。

「無名鬼」創刊号は寄稿が山中智恵子の短歌三十首、桶谷秀昭の詩三篇のほかは、「短歌」「演劇」「学生」の時評、小説「朝子《ともこ》」、評論「文学情念論序説1」とすべて村上一郎である。桶谷の長詩三篇は「仇敵――ドストエフスキイに」「ニッポン・ナロードニキへ」「一九六〇年六月深夜の記念」

とその題だけみても時代の色が濃い。

一郎の書いた時評aは短歌について。岡井隆『朝狩』と前登志夫の『子午線の繭』の紹介と鑑賞で、どちらもそれぞれの代表歌集となっている。

時評bは、『冬の時代』と青俳・芸協」と題し民芸の「冬の時代」を観た一郎の手厳しい批評と、二つの小劇団の公演の紹介である。時評cは「全学連再建の幻影」と題し、安保闘争敗北後の学生運動の混迷、東京の沈静化、京都の騒然としたさまなどを解説している。

創刊号のなかで半世紀を経て刮目に値するのは山中智恵子の三十首だろう。二〇〇六年八十歳で亡くなった山中智恵子は、深い古典教養と幻想性から「現代の巫女」と称され、女流前衛歌人の代表とされる。記紀を血肉とした難解な歌が多いが、熱烈なファンも多い。

創刊号の「會明《あけぼの》」三十首のなかに、のちに、名歌の誉れ高くなるこの歌がある。


三輪山の背後より不可思議の月立てりはじめに月と呼びしひとはや　　山中智恵子

「この頃の山中さんは謙遜な方でした」

えみ子は抑えた声で語る。一郎は山中智恵子が「短歌」に発表した「烏髪」三十首に激しく感応し、読むと即座に、三重県鈴鹿市に住む山中に長文の手紙を書いたという。

行きて負ふかなしみぞここ鳥髪《とりかみ》に雪降るさらば明日も降りなむ

奥出雲の船通山は古来より鳥上山、鳥髪山とも呼ばれている。古事記において、天上から追放され、その麓に降りたスサノオが八岐大蛇を退治し、その尾から得た天叢雲剣を天照大神に献上したという。古事記のスサノオの哀しみを引き寄せながら、生きてゆくことの哀しみが、今日も明日も鳥髪山に降る雪のように連綿と続くことを格調高く歌ったこの歌に、一郎は深く感動した。スサノオの哀しみに、一郎は安保闘争に敗れた者たちの悲哀を重ねたのである。

この作品を更に深めることこそが、貴女の短歌を、類ない世界へ誘うだろう、是非、「無名鬼」をその作品の発表の場としてほしい。そういう内容だったとえみ子は記憶している。あまりに気が急き、書き飛ばした手紙を「どうかね？」と妻に読ませたことは以前にもあった。一郎がこれはと入れ込んだときの打ち込みようがただならぬものであることを、妻だからこそ良く知っていた。

短歌であれ小説であれ、作者というものは、自作をこう読んで欲しいと望んだとおりに理解されるのが、ただ褒められるより嬉しいだろう。まして、短歌や俳句などの短詩は、良い読みと鑑賞が出て、初めて広く理解される側面がある。おそらく望んだ以上の深く良い読みが示され、更なる作品を慫慂《しょうよう》されて山中智恵子がどんなに喜んだか、すぐに分かることとなった。篤く礼を述べ、必ずやご期待に応えたいという分厚い返信が届いたのである。

「三日にあげず分厚いお手紙が届くのです。真理子がふざけて、はい、またラブレター、とか、ほらまた、めめずだわ、なんて言ってました。あの方のペン字は崩した草書で、みみずがのたうつような字なんです。編集者泣かせで有名なのですよ。お手紙だけではなく、もちろん、作品もどんどん届きました。批評を返すと、そのお礼の手紙がすぐ来るの。ご自分の歌に夢中なんです。村上も喜んで次々に作品を載せましたしね」

「無名鬼」は、十年間に二十号を出し、昭和五十年の村上の死ののち、十月に追悼号を出して終わった。追悼号には、百々登美子が三十首、馬場あき子二十五首、岡井隆が十六首の短歌を寄せ、山中智恵子は追悼の文章を書いている。五月に臨時増刊号としてでた「磁場」村上一郎追悼特集号には、山中は三十首を寄せている。

短歌を取り上げる文芸誌は珍しい。短歌は短歌だけの雑誌、俳句は俳句だけの雑誌、ほとんどが、たがいに身内だけの世界だった。「無名鬼」に作品を寄せるのは、岡井隆や山中智恵子、前登志夫、百々登美子など当時気鋭の歌人だけではなく、歌壇的にはまったく無名の沖縄の歌人もいた。一郎は選をして彼らの作品も載せている。

「山中さんが上京されるとお泊めしたり、こちらも一度は鈴鹿のお宅に泊まったことがあります。

とても古いお宅でした。長屋門があって、玄関が広い土間でした。昔のままのおうちだから、廊下の突当りに、お手洗いがちょっと離れていて、下駄を履いて行ったんではなかったかしら」

山中智恵子の夫君は高校の先生で、子供はいなかった。夫妻は真理子を可愛がり、高校生の真理子が招かれて一人で鈴鹿の家にゆき、泊まったこともあったという。

夫婦で前登志夫に奈良を案内してもらうなど、歌人たちとの付き合いが増えても、その頃のえみ子は短歌に興味を持たなかった。人形があったというだけではない。「無名鬼」と一郎の周囲にいた歌人は、趣味や暮らしの記録として短歌を楽しむ人たちではなかった。才能を自負し、われこそはという意欲に満ちた歌人たちだった。

「その頃の新進歌人というような人達には、ナルシズムというか、強烈な自己顕示欲があると感じてしまって……。わたくしは好きじゃなかったのよ。自分が短歌を作るようになるとは思ってもいませんでしたしね」

「無名鬼」は、一郎の個人誌だったし、かつて「典型」に参集してくれた学生時代の友人、酒井督介や塩沢清は参加していない。彼らにはそれぞれ、もう文学より重い実生活があった。いつも詩や評論を寄せたのは文筆で身を立てる覚悟の決まっている桶谷秀昭だった。桶谷は既に新進の評論家として名を知られていた。「典型」時代に結婚した桶谷は、一郎と同じように編集者として生計を立てていたが馘首も経験し、文学や語学の講師として暮らしながら書いていた。一郎が病に侵されたとき、共同編集として名を連ね、「無名鬼」を続けたのは桶谷である。一九六四年の晩秋、京大と同志社大の学生から招かれ、一郎と桶谷は京都に講演旅行をした。

一月に「無名鬼」の二号が出て、一九六五年は明るく始まった。二号に発表した短編小説「あやなくも」を来客に褒められて、一郎はえみ子が子供っぽいと思うほど手放しに喜んだ。一郎は多摩芸術学園という多摩美系列の各種学校に七年前から講師として通っていたが、新年度から多摩美術大学学生部長の職につくことになり、二月末に紀伊國屋書店出版部を退職し、紀伊國屋新書のエディターとして週一回の出社以外は自由に動けるようになった。四月からは桑沢デザイン研究所の講師にもなり、東京教育大から短期集中講座の依頼があって一郎は喜び、大いに張り切った。

「なぜだか、美術系の学校の仕事が多かったですね」

講師の家に学生が遊びに来るのは珍しいことだろう。一郎がユニークな授業をし、学生に人気があるのは遊びに来た学生の話で分かった。

「寝ている学生ばかりでも、一人でも聞いてくれる学生がいたら、全力で話しかけるんだと、それは、よく言っていました。学生のレベルは最初に教室に入っただけで判るとも言ってました。教育大は階段式の大教室で集中講座だったそうですが、さすがに反応が違う、手ごたえがあったと、とても喜んでいました」

しかし勇んで始めた多摩美大の学生部長という仕事が、一郎を苦しめることになった。彼は編集者として培った力で大学紀要を作り、学生と対話を重ねながら学内改革に取り組んだ。対話をする学生たちからは人気があったが、学生部長は本来、大学側に立つ。六〇年安保闘争に加わった世代はもう卒業していたが、学費値上げやベトナム戦争に反対し、大学自治権の拡大を求める学生の集会はしばしば開かれ、要求は強硬になっていった。

「僕は学生側にいたい」

大学では言えない本音を、家では何度も口にした。

「僕は管理する人間じゃない。体制を批判してきた人間が体制側にいるなんて」

適当に流すことの出来ない性格が、一郎を追い込んでいるのを、えみ子ははらはらして見つめていた。


学生たちがストライキに入った六月末のその日、大学から電話がかかってきた。

「奥さん、すぐ来てください。村上先生が、刀を持って学生に演説しています」

何を考えるひまもなく、えみ子は家を飛び出した。京王線で渋谷に出て、その先はタクシーを飛ばした。タクシーの中で、やっと、大学に行くときの夫は刀を持っていただろうかと考えたが、分からなかった。長刀を持っていたなら気づかないはずはないと思った。しかし、海軍の短刀なら鞄に入れて持ち出せたかもしれないと思うと胸苦しくなった。

戦後、一郎は三振りの日本刀をＧＨＱに提出した。えみ子は美術骨董品として二振りとも戻ったように記憶しているのだが、備前長船だけは返却されなかったのだろうか。一郎は備前長船を惜しむ歌を三首『撃攘』に残している。

上野毛の多摩美で、受付に名乗ると気の毒そうな顔をされ、案内された。

「落ち着いてください！」

「いや、僕が学生と話す！　話せばわかってくれる！」

押し問答が学生部長室のドアの外まで聞こえてきた。一郎の声はトーンが上がり、明らかにおかしかった。ドアを開けると、両側から腕を抑えられた一郎がいた。興奮した高い声でしゃべり続ける一郎を職員二人が抑えている横で、えみ子はしばらく休職する手続きを勧められた。出来るだけ早く専門医に診てもらうことにして、大学が車を呼び、二人の職員を付き添わせ、えみ子と共に家まで送り届けてくれた。

「あなた、落ち着いてください、お願いだから落ち着いて」

必死で制しようとする妻の声になど、まったく耳を貸そうともしないまま、車の中でも一郎は声高にしゃべり続けた。

順天堂医院で診察を受けるまでに、日数を要した。一郎は自分が病気だと認めず精神科の受診を拒み続けたのである。やっと順天堂へ行くことに同意したのは、恩師と仰ぐ久保栄の主治医がいたからだった。懸田克躬教授は文学者と躁鬱病の関係の研究で有名だったという。診察の間も亢進した躁状態が続き即日入院が決まった。退院は月単位で考えますが、少なくとも二、三カ月先と医者に言われても、一カ月先には全快して退院できるのではないかと思うほど、躁鬱病を知らないその時は、まだ楽観していた。だから、夫が入院したとき、えみ子はむしろほっとしたという。なにがどうなっているのか解らず、何をしでかすか分からない躁状態の夫に、へとへとになっていた。

「でも、入院して、治療してもらえば良くなると思っていたのですよ。お医者様には、長くなりますから覚悟してくださいと言われましたけど、まさかそれからずっと続くなんて、その時は思いもしませんでした」

翌六六年一月末まで半年の入院生活を送る。入院中、鬱に転じ、改めて躁鬱病と診断された。「無名鬼」第四号は入院中の六五年十月に出た。この号の編集後記である。

「前号を世に送る直前、歪《ひず》みの多いこの日本の社会は、やはり歪み多く在ったであろう私という一個の人間を、病院の一隅へとじこめた。そこには出入口の鍵があり、窓の鉄格子があった。しかし、文学者としての私は可能なかぎり努力して闘病し、おのれの歪みを正しつつかたわらこの雑誌をつくって、依然歪みの多い、然しそこ以外に愛するところのない日本の国の人びとに贈るのである。（後略）」

えみ子は順天堂医院の診察に付いて行ったし、入院中は毎日見舞いに行った。外来の懸田教授が有名な医者であることはよく聞いていたし、信頼はしていた。ただ、えみ子には、懸田教授の目が夫を、興味深い研究材料として見ているように思えることがあった。偉い先生を取り巻く人々は、教授の言葉を承るだけで、聞いてみたいことも聞けない雰囲気を作っていた。思いもかけぬ病気に、えみ子は疑問だらけだったのだが。

「入院してから担当してくださった先生のお名前をどうしても思い出せなくて申し訳ないのですが、優しい良い先生でした。いろいろお話ししてくださって」

大学と学生との板挟みで苦しんでいたことを話してみたが、それがストレスのひとつではあっても、ストレスだけが原因とは思えず、原因の特定はいまの医学では無理だと言われた。

その先生に言われて忘れられない言葉がある。

「ご主人と同じ舞台に立ってはいけません。奥さんは観客席にいてください」

客観性を持てという意味だったのだろう。そして、それはとても難しかったという。えみ子は寄り添うことはできても、突き放すことはできなかった。自分は冷静な性格だと思っていたし、客観的な視点だけは持っていようと心に決めていた。毎日見舞いに通っていると、同病の患者のほとんどに見舞いがないらしいことに気付いた。明らかに具合がわるそうなのに診察にも一人で来ている患者をみかけ、不思議だったこともある。そのときはまだ、こういう病気がどれほど長くかかるか知らなかったし、家族が付き合いきれなくなって見放す場合が多いことも知らなかった。

躁のときはエネルギーに満ち溢れ、感情の抑制が無くなり、いろいろなことが頭にひらめくという。その結果奇行に走るのだが、本人は奇行とは思っていない。どれほど迷惑をかけたか気づくのは鬱になってからなのだ。鬱になると躁の時の奇行を後悔し、迷惑をかけたという罪悪感に苦しむ。気力が失せ、なにも出来なくなる。ひどい時は光さえも怖がり、暗くした部屋に閉じこもって布団を被り、動けなくなることさえあるという。それでいて、入院中、一郎は鬱のときも治りたいという意欲が消えず、文章を書こうとまでした。医者に偉いですねと褒められると、もっと頑張ろうとして、えみ子はまたはらはらした。

退院はしたが、全快したわけではない。週一回、寄り添ってお茶の水までの通院が続いた。退院前に「無名鬼」は桶谷秀昭と共同編集にすることが決まった。見かねた桶谷の好意からだった。桶谷は、桑沢デザイン研究所の一郎の講座も代わってくれていた。

退院してすぐの二月四日、羽田沖で全日空機が墜落、当時として世界最悪の百三十三人の死者が出た。

「ボーイングという飛行機でしたよ。それまでは飛行機というと、ダグラスとかグラマンではなかったかしら。初めて聞いた名前で、その事故で覚えましたね」

死者のなかに、札幌雪まつりに繰り出した出版関係のツアーに参加していた親しい編集者仲間の岩淵五郎がいた。編集者同士には会社を越えた付き合いがあり、「日本評論」の時代からの知己の事故死の衝撃に、後に『明治維新の精神過程』に収録した追悼文を書く。

えみ子の願いは叶わず、一郎の躁鬱病は治らなかった。ただ、最初の数年は、まだ躁の時期、鬱の時期の間の寛解期が長く、その間は普通に過ごせた。しかし、躁のときは、元気いっぱいに筆が滑る。思いがけない速さで思いがけない文章を書きあげるのがえみ子は心配でならなかった。心配せずにいられたのは、発病する前に頼まれて書き溜め、本になった『明日を生きよ』まではないかという。

「躁のときは帰巣本能が働くのですよ。気持ちが宇都宮に向くのですね。躁状態の時はとにかく気を付けていました。夜でもちょっと音がすると目をさまして。それで明け方、わたくしがふっと眠ったちょっとのまに出て行ってしまって……。そういうことも何度もありました」

真理子は大学生になった。父の姿を見ていたからかどうかはわからない。文学部ではなく工学部に進んだ。中学受験の前に「おとうちゃま、おかあちゃま」を「おとうさま、おかあさま」にさせていたが、真理子はそれも照れくさくなったらしく高校生になると「おとうま、おかあま」と縮め、両親を苦笑させたりもした。

「なにしろ、おとうおかあちゃまだったからなあ、真理子は」

一郎は何度も言って、納得していた。一郎が鬱のときは、夫婦にとっては、真理子だけが救いだったのである。

一度は数カ月寛解期が続き、全快かと喜んだのもつかのま、再発した。

「海軍のことをとうとうとしゃべり続けて……。それからは躁の時は海軍に気持ちが傾きました。それも帰巣本能の一種なのでしょうか。海軍は村上の青春でした。わたくしだって、東監が青春でしたよ。戦争のさなかの、ひどい時代でしたけれど、青春でした」

その頃のことを、仏文学者出口裕弘は「磁場」村上一郎追悼号に編集者、村上一郎への恩義について述べている。一郎は出版元の見つからなかった訳書『歴史とユートピア』を紀伊國屋書店出版部から出すことを決め、さらに出口に三百枚の書下ろし『ボードレール』を新書で書かせている。出口は一郎の「物書きを誘導して目一杯のことを書かせてしまう手練」を回想している。『歴史とユートピア』が一九六七年、『ボードレール』がその二年後の出版である。

一九六九年、一郎の肝いりで、紀伊國屋新書から『式子内親王』が刊行された。著者は歌人、馬場あき子である。朝日歌壇の選者であり、短歌結社「かりん」主宰の馬場は古典に描かれた鬼を検証した『鬼の研究』など、多くの著書がある。都立高校教師の時代、六〇年安保闘争に参加している。「磁場」村上一郎追悼号の馬場の文章はこう始まる。

「もし、村上一郎との出合いがなかったなら、私は多分物かきにはなっていなかったであろう。昭和四十年以降、私が徐々に散文への関心を強め、書く意志を持ちはじめた契機としては、ある日突如として激情的な煽動を加えてくれた村上一郎の好意を忘れるわけにはいかない。」

初めて、電話口で名乗りあったとき、村上一郎は馬場の十数年前の処女歌集を含め二十首を越える作品を次々に朗誦し、見解を述べたという。その後、またしても突然電話してきた一郎が、馬場に式子内親王をどう思うかとたずねた。そして、すでにその短歌作品から式子内親王の評伝は馬場にと見込んでいた一郎から「それを書くのはあなたしかいないでしょう」と煽動された……。

百人一首にも入っている「玉の緒よ絶えなば絶えねながらへばしのぶることの弱りもぞする」と忍ぶ恋の絶唱を残した式子内親王は、後白河上皇の第三皇女で、その繊細で優艶な歌風から藤原定家の悲恋の話が生まれた。一郎は、式子内親王の歌に理想の女性像を見出していたのだ。

『式子内親王』は紀伊國屋新書のなかでも名著であり、のち、講談社文庫、ちくま学芸文庫にもなっている。躁鬱病を抱え、編集者として業績を残しながら、一郎は自分の原稿を書き続けていた。馬場はその才華を認められ高名になってゆくが、ずっと村上家への年始を欠かさなかった。玄関先で年賀のお茶の包みを出し、挨拶だけしてさっと帰ってゆく。いつも颯爽としていた。

「馬場さんはずっと村上を多としてくださっています」

「無名鬼」発行所から山中智恵子の歌集『みずかありなむ』を編集して刊行したのは一九六八年（昭和四十三年）である。

この額《ぬか》ややすらはぬ額　いとしみのことばはありし髪くらかりき　『みずかありなむ』

この歌を巻頭に、独自な世界を打ち立てた出世作といわれる『みずかありなむ』は、「鳥髪」三十首に「無名鬼」に発表し続けた歌を集め、歌集名も含めて一郎が編纂し作り上げた。

この不思議な歌集名『みずかありなむ』の〈みず〉は、〈見ず〉、〈か……なむ〉は万葉集以来使われる〈かかりむすび〉であり、「（私は）見ないでいるだろうか」というほどの意味である。一郎は編者跋で思い切り格調高く歌いあげている。

「あはれこのくにに生まれつ、ひとたれかうたうたはてあるへき。さはれしましまにうたこゑさはに充つるかうち、志たかきひとのうたこそはおのつと鳴りひひき輝き躍りて出つへきにこそ。（中略）
集の名はつきの唱よりとりつ。
　秋の日の高額《たかぬか》、染野《そめぬ》、くれくれと道ほそりたり　見すかなりなむ
なりなむとこそ止めたまひしを、ありなむといひかへしは、これひとへにおのれか恣意にして作者のゆるしを乞ふや切なり。（後略）」

濁点のない擬古文で、「うたうたはてあるへき」は「歌、歌わであるべき」（歌を歌わないでいられるだろうか）だが、現在の目には読みにくい。「つきの唱よりとりつ」は「次の歌から取った」だが、あえて「唱」の字をあてているのは、短歌のしらべを重んじた一郎が、高いしらべの山中の歌を称えてのことであろう。山中智恵子は歌集『みずかありなむ』によって、有名歌人となった。

　えみ子は少しためらったが、話し出すと、止まらなくなった。

「山中さんは、悪い人じゃないんですけどね。始めのうちは謙遜な方でしたけどね、だんだん……人間って、有名になると変わるものなんでしょうか。村上が亡くなった後ですけど、なにか

の会で山中さんをお見かけして、会釈しましたの。山中さんは富小路禎子さんとご一緒でしたし、わたくしにとっては、富小路さんはお名前を知っているだけの方ですから、会釈しただけで、近寄らなかったの。そうしたら、山中さんは私を顎で指しては、富小路さんにひそひそ話していたのです。大方、ほら、あのひとが村上一郎の……とか言ってると分かって……。なんて失礼なことをするのかと震えるほど腹が立ちました」

「あの方は、ご自分の歌のことしか考えていないのよ。ナルシストですから。だからこちらの都合はなにも考えずに、歌のことで長いお手紙をどんどん送ってらして、すぐ村上の返事が欲しいの。また村上が躁のときは一晩で長いお返事をぱっと書いたりしたこともあるから、なおさらだったのでしょう。でも鬱で何の原稿も書けずに苦しんでる時でも、躁で大変なときでも、平気……というより、考えもしないのですよ。とにかく自分の歌に夢中で、自分にしか興味がないのです。だから、あれだけの歌が作れた……ご自分だけの世界を創れたのでしょう」

「村上さんと山中さんは怪しいんじゃないのって馬場さんにからかわれたことがあるくらいでしたのよ。そんなことはなかったし、村上についてそういう意味で心配したことは一度もありません。でも、病気のことではらはらしているときでも、まったく平気で踏み込んでくる山中さんに腹が立ったことは何度もあります。だってそうでしょう、鬱のとき躁のとき、そのときどきで、特に躁のときは、こちらはもう気を張り詰めているのに、あの方はまったくお構いなしにご自分の歌のことだけなんですからね。ナルシストなんです」

えみ子は昔の怒りの残る声で何度か「ナルシスト」という言葉を口にした。

「村上は山中さんの才能に惚れ込んで、あの歌集を世に出しました。それだけで満足だったんです。それが分かっていて腹が立つのは、わたくしが愚かなのね。女子と小人は養い難し、ですわね。山中さんが凄い歌人なのは、確かですもの」

山中智恵子は『みずかありなむ』の後、その世界を更に深めてゆき、十冊以上の歌集を出し、〈現代の巫女〉と称される。古典の評論も多い。二〇〇六年、もう少しで八十一歳となる生涯を閉じた。昭和天皇崩御ののちに読まれた歌がある。


雨師《うし》として祀り棄てなむ葬《はふ》り日のすめらみことに氷雨降りたり　『夢之記』

雨師、つまり、雨など天の動きをつかさどる存在としての天皇を祀り、そして棄てようと歌う。同じ一連で「わがうちの天皇制ほろびたり」とも歌っている。その昭和天皇の葬列に氷雨が降っている。昭和という時代への挽歌である。

九、三島事件

「先日、偶然、〈社稷《しゃしょく》〉という言葉に出会いましたの。前に中国の古代史の小説に出て来たことはありましたけど、藤沢周平に出てきたので、なんだか嬉しくなって」

熱海市の移動図書、ブックバスで借り、塩野七生の『ローマ人の物語』全十五巻を読破したほど、読書が何より楽しみなえみ子である。恋愛小説は嫌いで、昼間は歴史ものや思想哲学など固いものを好むが、寝る前ベッドで読むのは時代小説が多いという。なかでも藤沢周平の繊細な季節感の描写や端正な文章が好きで、ほとんどの作品を読んでいる。最近では佐伯泰英の『居眠り磐音　江戸双紙』シリーズも読んでいるという。

『義民が駆ける』はいままで読み残していて、初めて読んだ。幕府から突然命じられた三方国替えで、越後長岡への転封になった藩主を守ろうとする荘内藩の百姓たちが活写されている。〈社稷〉は、「社稷存亡の際じゃ」という荘内藩主世子の台詞として出てきたのだった。〈社稷〉は単に国家をさすこともあるが、『義民が駆ける』では、土地を耕し収穫する民百姓を含めた国という意味で使われ、それは一郎が好んで使用した〈社稷〉と同じだと感じたという。
一郎は躁のときは筆が早くなる。一九六九年（昭和四十四年）に出た『浪漫者の魂魄』や翌年の『北一輝論』の頃から、えみ子は危惧を隠して夫を見守っていた。躁になると、やたらに海軍について語るのと、筆が滑りやすくなるのが軌を一にするように思われたという。夫の書くものにとやかく言ったことは一度もなかったが、信ずる大義に命を賭け、死を怖れぬ生き方に夫が引き寄せられていることを感じて不安だった。鬱の時は自殺願望が起こりやすいことは、何度も注意されていた。

和泉守兼定《いづみのかみかねさだ》を愛す人なりき死に急ぎ死にてゆきし人なりき
（土方歳三、明治二年五月戦死。）　『撃攘』

土方歳三を、その愛刀にことよせて歌ったほど、一郎は刀が好きで、多摩美大であんな事件を起こしてからも、それは変わらなかった。むしろ、刀剣への愛着は募っていった。刀はいつもわざわざ恵比寿の研ぎ屋に出す。研ぎ代はびっくりするほど高かった。豊かでない家計は知っていながら、何を切るわけでもないのにと不満を言いたかった。だが、研ぎからもどった刀をほれぼれと眺める一郎の満足そうな顔を見るとなにも言えなくなった。それが夫の心を鎮めるのならと願ったという。しかし、持ち出すと危ないので、躁のときは、えみ子はできるだけ刀を隠していた。それでも、刀を持ち出して知人宅をいきなり訪ねたこともある。刀を持って来訪されたら、それだけでも驚かれる。抜き身を振り回したとか、居合を見せたという話もある。躁のときの一郎の行動は、尾ひれがついて伝わりやすいものであった。

「それにしても、不確かな伝聞を自分が見たように言う方が多いのですよ」

えみ子は何人かの名前を挙げた。悔しさは、消えないという。

『武蔵野断唱』巻末の「広瀬海軍中佐」は三島由紀夫が新潮社のPR誌「波」に連載していたエッセイ「小説とは何か」に取り上げられ、話題になった。

「こう言つては失礼だが、村上一郎氏の小説技巧は、ちかごろの芥川賞候補作品などの達者な技巧と比べると、拙劣を極めたものである。しかしこれほどの拙劣さは、現代に於て何事かを意味しており、人は少くともまごころがなければ、これほど下手に小説を書くことはできない。下手であることが一種の馥郁《ふくいく》たる香りを放つやうな小説に、實は私は久しぶりに出會つたのであつた。（中略）しかしこの短篇ほど、美しく死ぬことの幸福と、世間平凡の生きる幸福との對比を、二者擇一のやりきれぬ殘酷さで鮮明に呈示してゐる作品は少ない。」

この逆説的な称賛を一郎は喜んだという。

広瀬海軍中佐は日露戦争の旅順攻撃のとき、旅順港の閉塞作戦に参加、自爆用火薬を点火しにゆき戻らない部下、杉野上等兵曹を探して沈みゆく船に戻り、三度探してやむをえず脱出しようとしたとき、頭部に砲弾を受けて戦死した人物である。軍神と称えられ、神社に祀られ、文部省唱歌「広瀬中佐」は広く歌われた。戦前、そのサビの「杉野は何処、杉野は居ずや」を知らぬものはなかった。武官としてペテルブルグに駐在し、ロシアの軍人の娘アリアズナと知り合い、文通を続けたこともよく知られている。いまは司馬遼太郎の『坂の上の雲』の登場人物として知る人が多いのではないか。

しかし、一郎の「広瀬海軍中佐」は、広瀬中佐を描くものではない。広瀬の慰霊祭の祭文の冒頭がモチーフである。「人たれかは死なてあるへき」、現代風に言えば「人は誰か死なないものがいるだろうか」で、「いや、誰もが死んでゆくのだ」という否定を含む文語表現である。どうせ死ぬなら後々まで人に惜しまれる死をと説く祭文の、この冒頭を知っただけでも海軍に入って良かったと思う「俺」、青山玄一の手記の体裁を取っている。

自伝的連作長編として構想された『武蔵野断唱』巻末に置かれた「広瀬海軍中佐」の語り手、青山玄一は、一郎自身と言えよう。「俺」の祭文への感応の激しさは、一郎が中野重治の詩に感動して共産党に入党した事実を思わせる。

「広瀬海軍中佐」のカタカナ書きの地の文は、今の目には実に読み難い。「恋ビトトヒトリギメシテヰタN理事生」のモデルは、旧姓が「長谷《ながたに》」のえみ子であろう。N理事生が病気の時「ブドウ糖ノカタマリヲ贈ッタ」。現実は蜂蜜だったが、同期の友人が手に入れてくれ「同期生ノ恩ハ海ヨリ深イ」と微笑ましい。N理事生を可愛がる石橋幹一郎と思われる同期への嫉妬も書かれている。「N理事生」が「式子」なのは、一郎が式子内親王を愛するゆえだろうか。

三島由紀夫が一九六八年に祖国防衛を旨として私設の民兵組織、楯の会を作ったとき、その制服姿が週刊誌に出た。「ずいぶん派手だな」と一郎は苦笑し、「御楯《みたて》会を使われなくて良かったよ」とも言った。御楯会は、海軍短期現役の同期会の名であった。

戦後の日本の現状と将来を憂い、二・二六事件を論じ、日本の文化や伝統に思いを致し、刀が好き等々、二人は一見、同じようなナショナリストと見られやすい。しかし、二人は共通する点はあるものの、決定的に違っていたとえみ子は思っている。

二人が実際に会ったのは一九六九年十二月一日、山の上ホテルで「日本読書新聞」翌年一月一日号の対談のためであり、そのたった一回のことだった。対談は『尚武のこころ　三島由紀夫対談集』に収録されている。対談から帰った一郎は、嬉しそうに言った。

「三島さんはよくわかってくれたよ。話が弾んでね。考え方に違いはあるけどね、僕の考えを理解してくれた」

気持ちよさそうに、ほろ酔いだった。

「あれだけ有名な三島さんと日本という国について真剣に語り合えたのが嬉しかったのでしょう。村上は病気のこともあって、からかい気味にとられたりもしていましたから」

一郎は、長々と国家について三島の考えと自分の考えの違いをえみ子に説いたのだったが、自分の考えとして何度も〈社稷〉という言葉を口にしたくらいしか覚えていない。

「衣食住の全部、まぐわって子を生し、死んでゆく、そういうもの全部が〈社稷〉で、それが日本なんだ、みたいなことを言ってたと思いますが……」

大学生の真理子に聞こえるところで「まぐわって」とか「セックスをして」などと語るので、えみ子はひやひやしたのだが、真理子はまた始まったくらいに聞き流していた。

「村上が好きだった〈社稷〉が、この『義民が駆ける』に出てきて……なつかしかったんですの」

一郎は、海軍短期現役として東監に勤務中も卒業論文「近代国民国家論成立史序論」の続きを書いていた。社会主義学徒のまま、海軍軍人だったし、共産党時代も北一輝に興味を持っていた。一貫して、短歌を愛していた。そういう一郎にとって、国とは、主義によって統治されるべきものではなく、土着の〈社稷〉のものだったのである。

「三島さんは論理的に統治できれば、管理主義でも民主主義でもいい、天皇さえいれば日本だ、なんて、そんな無責任なことを言ってたと笑っていました。それは、覚えています。でも、村上は〈社稷〉がなければ日本じゃない、そう思ってたんですね。ただ、戦後の日本が言葉を大切にしない、日本はまず、言葉なのに。……経済だけに支配されている、からっぽになってる、そういうところではとても共鳴したようですね」

三年前から「無名鬼」に二年間連載した「北一輝」に加筆し、二篇の評論を加えて二月に刊行された『北一輝論』を、一郎は三島に贈呈し、丁重な礼状がきた。二・二六事件の青年将校たちの理論的指導者、精神的支柱と言われ、非公開の軍法会議によって死刑を宣告され、銃殺された北一輝は、大日本帝国憲法における天皇制を鋭く批判し、貧しいものの平等を求める社会主義者でありながらナショナリストでもあった。一郎は若いころから北一輝に関心を寄せていた。生涯の師と仰いだ劇作家久保栄に北一輝のことを話し、嫌な顔をされたと愉快そうにえみ子に語ったことがあるという。

「久保先生は、バリバリこちこちの左翼だからなあ。右だ左だと関係なくものを見たいと僕は思うけどね」

えみ子は笑いながら、「そういうひとだったんですよ」と言う。

「だって、村上は、あとがきに『北一輝論』は『萩原朔太郎ノート』とこころはひとつだと書いていますよ。それは、二・二六事件の殺された将校たちに心寄せしていますけど、清水昶さんの詩も紹介していますし。ほんとうに自分の心を動かしたものを書いただけだと思いますのよ。わたくしには、『北一輝論』はわかりませんでしたけど」

あとがきの最後に一郎は記している。

「折から、左の拙作が、塚本邦雄氏の目にとまったもようである。

窓辺しるるく　そめ野かるかや　星に溺《み》ち　叛逆の理を　わが追ふ　あはれ　」

なぜか、ここでは五七五七七が分かち書きにされているが、歌集『撃攘』には「窓辺しるるくそめ野かるかや星に溺《み》ち叛逆《ほんぎゃく》の理をわが追ふあはれ」とそのまま収められている。『北一輝論』のあとがきでは、短歌に慣れていない読者に読みやすいよう配慮したのであろうか。

三島は『北一輝論』を「魂をゆり動かすような」と激賞し、楯の会会員のために何十冊も購入した。それが喧伝され、『北一輝論』は一郎の著作で初めて五万部も売れた。三島の死まで一年足らず、二人は著書を贈りあい、書簡を交換した。それだけの付き合いであった。

三月末、一郎はまた入院する。三島と対談したころの躁は消え、鬱になっていた。鬱がひどくなると、起き上がることさえできなくなる。暗くした部屋で布団を被ってじっと時間が過ぎるのを待つしかない。やっと食事に起きだしてきても、俯いて少量をなんとか口に運ぶだけだった。鬱のときは励ましてはいけないと言われていた。真理子がいれば会話ができても、夫婦二人だけだと、陰々滅々と向き合うしかなかった。

五月に出た「無名鬼」十三号のあとがきには、桶谷が、「同人村上一郎が健康を損ね」と報告、周囲の助力に感謝を記している。

そして、一九七〇年十一月二十五日、事件は起きた。

三島由紀夫は楯の会の森田必勝《まさかつ》ほか三人の青年とともに自衛隊市ヶ谷駐屯地の総監室で陸上自衛隊東部方面総監・増田兼利と面会した。三島由紀夫が室町末期の名工、関の孫六作という刀を総監に見せている隙に、四人の青年は総監を襲い、椅子に縛りつけた。三島は十二時までに隊員を総監室バルコニー下に集めることを要求、檄文を垂らした。

集まった約千人の自衛隊員に三島は、自衛隊が率先して憲法改正を求めるべきだという演説をしたが、ヤジが激しく、テレビニュースで見ていても、演説はきれぎれにしか聞き取れず、「聴けい！」という叫び声が空しい。三島は総監室に戻り、切腹した。介錯は森田必勝だったが失敗、古賀浩靖が三島の首を一撃で落とした。次に森田が切腹、古賀が介錯した。三島四十五歳、森田はまだ早稲田大学教育学部に籍のある二十五歳だった。

村上一郎は、その日、ニュースを聞くなり市ヶ谷に駆けつけた。その言動は、興味本位に増幅されさまざまに言われ、さまざまに書かれた。その年の「日本読書新聞」新年号に三島由紀夫との対談「尚武の心と憤怒の抒情」があり、『北一輝論』を三島が絶讃したことなどがクローズアップされた。三島の死の衝撃が、一郎の躁を極限にし、注文に応じて死の当夜から三日で三本の三島由紀夫論を書いている。それは更に「死せる三島、生ける村上に蔵を建て」などと一部マスコミに揶揄されるもとになった。それらの切り抜きやコピーをえみ子は保管している。

「何年も後になってからも、見てきたように、いい加減なことを書かれていますから」

決して悪意はなく、むしろ一郎への好意があふれているのに、どういう思い込みからか、事実と違うことが書かれたことも多い。そのひとつ、ある新聞の「ちょっとひとこと」というコラムに、三島の死後二十五年後に一郎を思い起こした「身に飼いし修羅」という文章がある。母校一橋の後輩という京大名誉教授は「かれが属していた左翼の人々の冷たさに対し、昔の海軍の仲間の温かさが骨身にしみるとも言っていた。小説を書きながら苦労の日々に、温かい声をかけたのが、三島由紀夫であり、三島の、写真集にある、ビクトリア朝風の家で、手厚いもてなしを受けたのを心の底からよろこんでいた。」と書いている。ふたりは一度、対談で会っただけで、その後は著書の贈答と手紙だけの交友だったのだが。

「記憶って、ほんとうに厄介なものですね。気持ちと記憶が何処で混ざってしまうのか……。わたくしだって、忘れていますし、混ざってもいるのでしょう」
そう言うえみ子が、「この方の文章が一番、冷静で正確です」と言うのは関川夏央である。「NHK歌壇」二〇〇二年八月号の「短歌的日常⑭　あはれ幻のため——村上一郎」は四ページにわたり、一郎の短歌と共に生涯を追っている。

「村上一郎は、事件当日、ニュースを聞くなり市谷へ行った。彼は『三島の友人でもあるから』ぜひ入れてくれと日頃持ち歩いている海軍時代の『履歴書副本』を見せ、『自分は元海軍主計大尉、正七位の位階を持つあやしいものではない』と警備官を説得しようと試みて婉曲《えんきょく》に断られた。村上一郎はいつも大きな包みやカバンを持っていた。内容は双眼鏡や地図であったり、草履《ぞうり》と硯箱《すずりばこ》であったり、ときに日本刀であったりした。」

関川は、尾ひれがついて伝わっていることにも触れている。

「吉本隆明は語る。
〈村上さんは、敗戦直後に『無条件降伏には反対だ』という軍人が決起する時の勢いで精神的高揚に達して、その時（三島事件）、あの人は軍服姿に剣をさげて、市ヶ谷に行ったんです。

門のところで止められて、『俺は元・海軍中尉なんだ。知り合いだから、知り合いのところへ行く』と言ったけれども、そこで止められてしまった。そのまま家に帰らないで、あの人は高揚するといつでもそんな風になるわけですけれども、高揚して、郷里の群馬県まで徒歩で行こうとしたんです〉（『吉本隆明が語る戦後55年――60年安保闘争と「試行」創刊前後』）

軍服姿ではなかった。ベレー帽をかぶっていた。中尉ではなく大尉、郷里は群馬ではなく栃木である。しかしこういう伝説を生みがちな空気を村上一郎は身にまとっていた。」

「吉本さんは、とにかく、そそっかしくて有名だったんですから。デモのとき、警官隊から逃げようとして塀に登って飛び降りたら警察の敷地だったたとかね」

そう言って笑ったえみ子だったが、きりりと顔を引き締めた。

「わたくし、本当に腹が立って、新聞に抗議しようと思ったことがあったのです。これ」

それは、大手の全国紙の朝刊文化欄トップに大きく掲載された「書評紙は時代映す鏡◇編集に携わり半世紀、三島由紀夫らと交流◇」（二〇一三年二月二十日）である。筆者は一九六〇年代から書評紙の編集に携わってきたという。

「70年11月25日、作家の三島由紀夫が陸上自衛隊市ケ谷駐屯地で自決し、日本中に大きな衝撃を与えた。あの日、私も市ケ谷にいた。私は当時、書評紙『日本読書新聞』の編集者だった。会社の宿直室に泊まっていた私は午前10時ごろ、1本の電話で起こされる。

自決の日の出来事／文芸評論家、作家の村上一郎の奥さんからの電話だった。三島が陸上自衛隊に乗り込んだことを知った村上は『自分も行動を共にする』と言い残し、日本刀を持って出掛けていったという。奥さんは私に『止めてください』と懇願する。

私はタクシーを飛ばし、陸上自衛隊の門の前で待った。そこへ自宅のある吉祥寺から車に乗って村上がやってきた。興奮していた彼をなだめ、落ち着かせようと近くの喫茶店に連れて行った。そこで先に連絡を入れていた文芸評論家の桶谷秀昭と合流し、3人で色々と話し合った。

村上を何とかなだめて自宅まで送り届け、私たちは深夜まで、三島について話し合った。その話を明け方までかかって原稿に起こし、その週の日本読書新聞に掲載。1日で売り切れるほどの大きな反響があり、2度にわたって増刷した。」

「わたくし、このひとに電話なんかしてません。なんで、こんなことを」

ずいぶんいろいろなことを書かれてきたが、四十年以上過ぎて書かれたこの文章には、呆れた。えみ子は新聞に抗議しようと思った。「NHK歌壇」の関川夏央の文章を読み返すと、三島が楯の会の青年たちと家を出たのは十時二十分頃とある。この筆者は午前十時に電話で起こされたというが、そんな時間に夫が刀を持って飛び出すなどそもそもあり得ないではないか。一郎の生前からなにくれとなく世話になり、死後も相談相手になってくれた桶谷秀昭はこの文中にも登場している。この文章の間違いを証言してくれるだろうと思い、電話をかけた。しかし、桶谷はえみ子をなだめたという。

「彼は悪い人間じゃありません、悪気はなく、思い込みで書いたんですよとおっしゃるの。本人をよく知っていて、悪い人間ではないと何度もおっしゃるの」

結局、新聞社への抗議を断念した。桶谷は、新聞に抗議などした場合の、いまはケアハウスでひっそり暮らすえみ子の負担を考えたのかもしれない。

日頃から村上家に出入りし、「無名鬼」の校正や発送など、手伝ってくれる青年たちがいた。そのひとり、岡田哲也は東大に退学届を出したばかりの一九六九年の夏、「無名鬼」のバックナンバーを求めてすずかけ小路の家を訪ねてきて以来、出入りしていた。若い岡田の目に、不器用な文人を、しとやかな妻が支えるすずかけ小路の村上家の暮らしは、清貧というべきものに見えたという。

「奥さんがいつもお茶を出してくれたけど、お菓子や食事は出ませんでしたね。僕や阿久根がお茶請けを持って行ったりしたくらいで。僕らも貧乏でしたがね」

一郎や「無名鬼」に魅かれて出入りする若者や教え子のなかで、一郎に最も心酔していた阿久根靖夫は売れない詩人だった。一郎の死後、毛沢東に傾倒し、中国に渡り客死した。

岡田は後の『テロリストのパラソル』などの作家、藤原伊織となる学生と親友で、学生運動にのめりこんでいた。乱歩賞と直木賞をダブル受賞した『テロリストのパラソル』は安田講堂に立てこもった青年たちの後日談である。「とめてくれるな　おっかさん　背中のいちょうが泣いている　男東大どこへ行く」のポスターが評判になった駒場祭、安田講堂攻防など東大紛争の真っただ中にいた岡田が、大学に見切りをつけ、敗北しかない道に踏み出そうとしている時期であった。

岡田は三島事件後、一九七一年に帰郷し、以来、鹿児島県出水市で暮らす。地元の文化人として幅広く活躍し、西日本新聞に文芸評論を連載しているが、本業は詩人である。岡田からはいまもえみ子に著作が届く。

岡田の著書『憂しと見し世ぞ』の帯には「1969年、村上一郎と出会う——青春期の彷徨を綴った『切実のうた　拙劣のいのち』ほか（後略）」とある。

三島事件の日の朝、村上一郎から岡田の階下の大家経由で電話があり、今日「無名鬼」の校正をすると言われる。躁のときは早朝訪ねてきたりもするが、その日の朝の声は落ち着いていてほっとしたという。午後三時、人づてに三島事件を知る。夕方、友人と村上家に行くと、共同編集者の桶谷秀昭もきていた。桶谷と一郎が三島の話をするのを青年たちは聞き耳を立てたという。

「その間も、村上一郎には新聞雑誌あちこちから、しきりに原稿依頼の電話が入って来た。お茶を持って来た栄美夫人は、口元で微笑みながら、眉をちょっぴり曇らせた。村上一郎は便乗したり、みずからを安くひさぐことを、何より嫌った人だ。だが、この時ばかりは売れっ子作家になった。もっとも本人は書いている。『他者の死をもって奇貨おくべしとばかり、己れを高く売込むのは道に反することであると、わたしはこころに決めてきた』（「或るひきうた」）

しかし、村上一郎の三島由紀夫への追悼文は、異常ではないが過剰な高揚と沈鬱さにおおわれている。むろんこれは、病気のせいというより、好敵手の死に際しての礼儀にも似た、渾身の悲しみだったのだろう。

さほど驚かなかった私ですら、その夜は『三島の霊は霊にあらず、わが荒魂《あらたま》なり』と記し、ノート六ページ、百五十行ほどの弔詩を日記に書きつけている。

夜十時、校正が終わった桶谷と阿久根と私の三人は、吉祥寺までの夜道を歩きつつ、村上さんの病気がひどくならなければいいがなどと語りあった。桶谷秀昭がぽつりと言った。

『奥さんが、可哀相だ』

事実、その後たて続けに発表された追悼文を、私は読む気になれなかった。痛々しすぎた。村上一郎は三島由紀夫を悼みつつ、日本という国の行く末を嘆き憤っていたのだが、私にはむしろ彼の行く末の方が気がかりだった。」


一郎は、朝、岡田に校正の電話をしている。夕方には、岡田は「校正の合間に『三島』があったのではなく、『三島』の合間に校正があった。」という。一郎が三島の死に興奮し、高揚して、周囲がはらはらしているのも、夫を案じるえみ子の様子もよく分かる。

三島事件の時だけではなく、えみ子が怒る無責任な文章は、一郎の死後の追悼号の中にさえある。躁鬱の発症したときの、大学で刀を持って演説した時のことを、当時、親しく行き来していた評論家が、見て来たように「村上は海軍の軍服を着て抜き身の刀を振り回し」などと書いている。軍服を着ていた、刀を抜いたといったエピソードは伝聞を含め、数多い。

一郎が日本刀を偏愛していたことは事実だが、軍服を着たことなどないとえみ子は言う。「しかしこういう伝説を生みがちな空気を村上一郎は身にまとっていた(関川夏央)」ことを、えみ子も認めるのである。

「それは、よく解ります。刀が好きというだけでも変な目でみられますものね。岡田さんも書いていらっしゃるように、あの時の村上はいきなり躁の極限まで行ってしまいましたし。一晩で原稿三本とか書いてしまうんですもの。自分で自分を煽っていると分かっていても止められないのですもの……」

はらはらしてもどうすることも出来なかった。猛烈な速さで書くので筆が滑りやすい。頼まれるから書くのに、三島の死に乗じて書きまくっているという批判や揶揄がえみ子にも届く。なんとか原稿依頼を断って貰おうと、えみ子は必死に夫に頼んだ。

「熱に浮かされたように書いたものは、わたくし、いまでも読みたくないのね。もう何十年もたっているけど……そのころの躁の村上が喋ってるテープがあるんですよ。聞くのが怖くて、下手にいじって消してしまったらとそれも怖くて、聞かないまま仕舞い込んで四十年以上もたっています。まだ聞けるのかしら」

原稿を書けば、当然それだけ原稿料が入る。だがその頃だけは、えみ子は原稿料を受け取るのが恐ろしく、いやな気持がしたという。

まったく偶然だが、その頃、家を建て増ししていた。えみ子の両親は弟一家と暮らしていたが、最初から折り合いが悪く、困り果てていた。父は大人しく波風を立てないのだが、母は勝気だった。何不自由なく多くの女中にかしずかれて暮らしたころのままの姑と、普通のサラリーマンである弟の嫁がうまくゆかないのは当然だった。間に入って弟が困り果てているのを見かねて、「村上に聞いてみて、良いと言ったら、うちに引き取りましょうか?」と口に出したのが運のつきだったとえみ子は苦笑する。一郎はあっさりと「いいじゃないか、来てもらえば」と言った。

両親は、二階の建て増しを希望した。金は出すから、独立して暮らせるように自分たちの住まいをというので、二部屋に小さな台所も付け、外階段も付けた。階下は最初の二部屋の家から何度も少しずつ建て増しして不格好だった。両親のための建て増しのついでに多少の手入れをした。それが新築と言われ、揶揄の対象になるなどと、夢にも思わなかった。

三島の死から怒濤に揉まれる日々が過ぎ、一九七一年が明けた。年初に大手出版社の総合雑誌から小説の注文があり、一郎はとても喜び、内容の検討に入った。だが、週刊誌などの揶揄の対象になることに苛立ちは募っていた。そんな一月半ば、総合雑誌と同じ社から出ている週刊誌から電話がかかり、一月二十四日の三島由紀夫の葬儀に焦点を当て、三本立ての特集を組む、どうしても会いたいと言ってきた。最初は断ろうと思った。断ればよかったのかもしれない。だが、総合雑誌と週刊誌は編集部が違うとはいえ、一郎はその社から注文を貰っていることに義理を感じていた。それに、会わなければどんなことを書かれるかもわからないという気持ちもあり、面会を約束した。

やってきたのはまだ若い男で、一見、感じが良く、えみ子もほっとした。不真面目な感じも失礼な感じも見せず、あらかじめ調べて来たことをもとに質問している感じだったという。一郎はまともに受け答えをしていた。その後、さらに質問の電話などもあったが、誠意があるように感じられたという。

二月八日号が出た。「特集　三島由紀夫の死」は1から3まであった。1は「誌上録音8千人の弔意で飾られた1月24日　この長かった2ヵ月目を迎えたさまざまな感慨」が大見出し。見開きの中央に大活字の六行は「戒名を『彰武院文鑑公威居士』。三島由紀夫の葬儀に参列した弔い客は、これまで文壇関係者で最高規模だった吉川英治氏の三千人をはるかにしのぐ八千人。なかには、ヒマつぶしのヤジ馬も見られたが、圧倒的多数の三島シンパたちはこの盛況に感動したり、満足したり。しかし、反面、この葬儀は〝三島に近い人たち〟の微妙な違いも露呈させた。」この1は五ページを使い、最終ページには葬儀委員長川端康成の弔辞の一部が収録されている。三島が生前、川端に送った手紙に「小生のおそれるのは死ではなくて、死後の家族の名誉です。」と、とくに子供たちを案じていたことを川端が述べている。佐藤首相夫人が会葬を希望したが三島家側が不測の事態を恐れ、取りやめになったことなども記されている。

3は四ページで、「烈士・森田必勝の静かなる帰郷　『今日でお別れ』を愛唱した末っ子を突然失った森田家の60日間」と題し、三重県四日市市の様子を伝えている。両親を早く失い、教員で、熱心なカトリック信者の兄夫婦に育てられ、葬儀はカトリックで行われたこと、森田が真面目で一途な性格だったエピソードがたくさん集められている。

その二つに挟まれた2は見出しから明らかにトーンが違っていた。

「三島由紀夫がほめた村上一郎の文武　あの日で時の人となった正七位・マスラオ評論家の思想と行動」そして見開き中央、大活字の「『死せる孔明、生ける仲達を走ら』したのは三国志の昔だが、三島由紀夫の死も、多くの文化人を東奔西走させた。なかでも特に村松剛、伊沢甲子麿、村上一郎の三氏を『三島御三家』というのだそうだが、村上氏はなかんずくメチャクチャに売れだして、一朝目がさめたら、大有名人。『死せる三島、生ける村上に蔵を建て』させかねないぞ。」

読み終えた一郎は、「ははは」と短く笑ってみせたが、いかにも虚しく聞こえた。

「まるっきり狂人扱いだな」

呟くと、立ち上がり、後ろ手に書斎の襖を閉めながら、言った。

「こんなもの、気にしないから、大丈夫だ」

夫の手から滑り落ちた週刊誌をえみ子は震える手で開いた。見出しだけで、一郎を揶揄し嘲弄する記事だと分かったが、読んでいるうちに目の前が暗くなった。

「騒動の張本人はどういう気でいるか。／吉祥寺の新居にたずねると、長身ゴマ塩頭、和服の着こなしも格調高い、初老の紳士が玄関まで出むかえた。／『村上一郎でございます、は。今日は遠いところを、恐縮でございました、は』／こっちこそ恐縮したいような丁重な物腰で、たえず愛嬌タップリの、気弱な笑いをうかべては、よくひびく甘いバリトンの声で、ことばじりに『は』とインギンそのもの。」

あのまだ青年のような、悪気のなさそうな態度だった記者が、「わたしはとにかくオッチョコチョイであヽすからねえ、は」などと書いたのか。建て増ししただけで新居ではないのに。何回もしつこく「あヽす」と「は」を強調しているのがなんとも腹立たしかった。裏切られたと思うのは甘いのだ、自分たちが世間知らずで愚かだったのだとえみ子は唇を噛んだ。記者は躁鬱病のことも聞いたうえで書いているのだった。

友人の谷川雁が一郎の躁鬱を案じ「いま彼がさかんに活動してるというのは、病気が悪いんですよ。ここで、キミの方の雑誌でなにか彼のことを書いたら、またまた、のぼせて、いっぺんに悪化するかも知れんが、キミの方じゃその場合、責任をどうとるのかね」と語ったことを「ヘンな逆襲でこられたのには、どうもおどろいた。」と記者は書いている。

悪口雑言の溢れたなかで、かつて「試行」の同人で、考え方の違いから袂を分かった谷川のこの言葉に、「昔の友人は有難い」と一郎は洩らしたという。

えみ子は一郎自死の後の「無名鬼」追悼号に「夫村上一郎の思い出」を書いている。このなかで、精一杯の抗議をしたのだった。

「村上は口ではそれ程気にしていない様に見えましたが、心にうけた傷跡はいつまでも、いつまでも消えませんでした。私まで一時はノイローゼ気味になった程でした。亡くなって後も同じ週刊紙《ママ》に記事にされましたが、私はあの様な仕事に生きる人々の真心は何処にあるのか問いかけたい気がします。」

十、破れ蓮

「それ以来、病気の波もはげしくなり、又世間の眼も冷く、きびしくなった様な気が致します。その週刊紙《ママ》と同じ社から出ている雑誌への始めての小説の原稿も急激なうつ状態への変化から、締切ぎりぎりで断る破目になりました。それからの私は全力投球の形で、病気と取り組み始めました。」

「夫村上一郎の思い出」には、夫の病気と全身で取り組んだえみ子の苦闘が綴られている。これを読んだ名古屋の精神科医から躁鬱の患者への対応の勉強になったと手紙が届いたという。

北杜夫は、自身の躁鬱病を多くのユーモラスなエッセイにしたてて世に広めた。彼も躁のときは筆が進み、一カ月で一冊書き上げたりしたと書いている。映画制作を思い立ち、その資金集めのためにめちゃくちゃな投資を繰り返し、借金をし、破産したことはよく知られている。突拍子もない思い付きに突っ走り、奇行を繰り返す躁の様子は、読む分には笑っていられるが、家族の心労は大変なものだっただろう。本来は温厚で、家庭の中でも丁寧な言葉づかいだった北は、最初に躁になったときは突然威張り散らし、暴君となって妻子を追い出したという。精神科医の家系であるから、北杜夫の母である齋藤茂吉夫人輝子は、息子の躁鬱病を知ると、嫁にこれからは妻ではなく看護婦になりなさいと命じたという。

北杜夫のエッセイは多くの躁鬱病の患者と家族に「あの病気か」と理解する手がかりになったらしい。だが、北のエッセイが出たのはずっと後年のことである。

えみ子は夫が発病してすぐの頃、「病人と同じ舞台に立ってはいけない」と病院の医者に言われたことはずっと忘れずにいた。客観的な目を持とうと努めてきた。だが、三島事件で躁の極限に達した一郎が、週刊誌の記事の後、転げ落ちるように鬱になって以来、躁と鬱の間の安定した寛解期は短くなっていった。週刊誌と同じ社の総合誌になんとか書こうと鬱のなか身を絞って苦しんだ。どうしても書けず、断った後も、自分を責め続けていた。えみ子はそういう一郎を突き放して見ることはできなかったという。ともに苦しみ、そのために疲れ果ててしまうえみ子に、医者は「あなたは同じ土俵に上がっているから苦しいのです。別の土俵に立ちなさい」と言った。それは何度も言われたという。

「わたくしがもっと太っ腹で、どーんと構えていられる性格だったらと、どんなに思ったかしれません。わたくしではなく、そういうひとに奥さんになってもらえば、このひとにとってはいいのではないかしらと真面目に考えてしまいました」

鬱がいっそう深くなると、うちひしがれて動けなくなる。暗い部屋から一歩も出てこないような時期は、そっとしておくしかない。このときは自殺する元気はない。

「奥さん、こういうときに休んでおかないと、身が持ちませんよ。旦那さんは閉じこもってますから安心してデパートで買い物するとか、映画に行くとか、ぱあっと気晴らしをなさったらいいんですよ。ひと息ついてください」

懇意になっている看護婦が助言してくれ、えみ子も気分転換を考えなければと思った。デパートも映画も行きたいとは思わなかったが、三島事件以来休んでいる人形教室に行こうと思った。久しぶりに出かけた教室では、仲間はみな、口数少なく、笑顔で迎えてくれた。気の毒そうな顔を見せるひともいたが、もう、そのくらいは気にしないで流すことが出来た。無心に人形の芯にする木を削っていると、久しぶりに心が落ち着いた。毎日、短くても、人で人形と向き合う時間を持とうと決心した。

少しでも自分が元気になって、また必ず来る躁の夫と対峙する気力をたくわえねばならない。一郎の病気と向き合うのは、もはや自分との闘いだった。

「病気が収まっているときは、昔通りの、人なつこくて、誰にでも親切で優しい、いいひとだったのです。でもあの後は、安定した状態は続かなくなって……」

鬱のみじめな夫も、躁の手の付けられない夫も、病気が作り出すものだとよく分かっている。

本来の夫は昔と変わっていないと信じていても、病気が収まっている状態が短くなると、骨のきしむような疲労感に襲われた。

歌人・馬場あき子は若いころから喜多実に入門していて能楽に造詣が深く、新作能を書いたり、能に関する著作も多い。当時、一郎とえみ子を何度も目黒の能楽堂に誘ってくれた。率直な人柄のままに、躁の一郎の言動を案じ、忠告を試みてくれたこともあったが、躁の時は聞く耳をもたないのが現実だった。しかし、一郎は馬場の誘いを喜んだ。能楽に深く魅かれ、鑑賞を楽しんだのである。えみ子にとっても、それはこころ休まるひとときになった。

真理子は友達の家に無断で泊まり、家出かと一郎を大慌てさせたこともあったが、無事に大学を卒業し、カラーフィルムで有名なメーカーに就職した。大学四年のとき三島事件が起き、外でどれだけ嫌な思いをしただろうと思うが、母の苦労を見ている真理子は、いちいち言おうとはしなかった。両親から少しずつ距離を置き、なるべくかかわらないようにしているのがえみ子にはよくわかった。躁状態の父には背を向け、自分の部屋に籠って出てこないこともあった。真理子が社会人になって、えみ子はとにかくほっとしたし、嬉しかった。

毎朝、真理子は颯爽と出勤してゆく。若々しい後ろ姿を見送るのは、毎朝の貴重な喜びだったのに、ふいに涙ぐみそうになって慌てたことがある。出勤してゆく娘が羨ましいのかと自問するほど、気を張り詰める辛い毎日だった。

歌集『撃攘《げきじょう》』が刊行されたのは三島の死の翌年、一九七一年（昭和四十六年）六月だった。『撃攘』には学生時代から始まり、ずっと折に触れて作ってきた短歌のほか、三島への思い入れの深い挽歌一連が含まれる。耳なれない言葉だが、広辞苑には〈撃攘〉は「敵を撃って追い払うこと」とある。

三島事件このかた、降り注ぐバッシングを追い払いたい気持ちは当然あっただろうが、それがこの歌集名につながったのかは、えみ子は聞いていない。驚くほど語彙が豊富で、よく、あまり人の使わない漢語を好んで使っていたから、そのひとつかとも思う。

一郎は過剰なまでに思い入れ深く短歌を作る。躁のとき、夫が短歌で更に自分を駆りたてるのではないかと危ぶむ気持ちが強く、えみ子はいつも短歌の話には警戒していたのだった。

武骨な歌集名にふさわしく、歌集としては大きい菊判の本は、表紙も表紙裏もモノクロの波の、海原を思わせる意匠である。題簽は群青に白抜きで〈撃攘〉だけ、その闊達な書は磯辺泰子という書家による。珍しい段ボール製の函には黒字に白抜きで〈村上一郎歌集〉、十センチ角ほどの大きさで〈撃攘〉、小さく〈思潮社〉とある。

装丁は黒沢充夫とあるが、〈本扉想芸　村上一郎〉と入っている。思うように作ってもらったということか。えみ子は陰りのある微笑を浮かべる。

「こんなに凝った歌集を作れたのも、三島さんのおかげといえるのかもしれませんわね」

わかくさの妻らを送り家を出で冬浅き日に死にゆきにけり
水のごと交はりて来しひととせの星のめぐりを追ふよしもがな
朱墨《しゅずみ》するわが手の凍《い》てにほのぼのと窓明かるめり　生きてゆくべし
吾亦紅《われもこう》摘み来て飾る卓上に遺影は勁く叫びて在りき

「今になって悔やんでも始まりませんが、申し訳ないことをしたと思います。わたくし、できるだけ短歌に向かわせまいとしましたの」

　三島への挽歌で『撃攘』に収録したのは、一晩で作った半分くらいではなかったか。昂ぶる感情にまかせて作った歌を、雑誌などの追悼文に入れていたが、えみ子の目からみても、激しすぎた。また世間から何を言われるかわからないという警戒心が常にえみ子にはあった。さりげなく、だが執拗に短歌を作らぬよう働きかけ続けたのだった。

「思う存分、作らせてあげればよかったと思うのです。むしろ、そうやって昂ぶりを吐き出した方が、躁のあの人には良かったのかもしれない。生半可な浅知恵で止められて、あの人は苦しかったかもしれないと思うと……」

『撃攘』は、歌壇からはほぼ無視されたのではないかとえみ子はいう。死後、「磁場」の追悼号に岡井隆が書いた「『撃攘』のことなど」以外、批評らしい批評を読んだ記憶はない。

岡井隆は編著書『現代百人一首』にも「とのぐもる武蔵国原騎《の》り行きて布陣すあはれ幻のため」

「とのぐもる武蔵国原騎《の》り行きて布陣すあはれ幻のため
かはたれに紙展《の》べものを記すてふ本《もと》のこころをわれは呼ぶなる
というような歌は、村上さんの歌の特質を充分にあらわしたものと思える。言でその印象を言えば、村上さんの歌は、武人の述志であって、文人の趣味ではない。パセティックたらんとして、かえってロジカルに言葉をはこんでいる。他人の歌については、技術的な細部までよく見て批評した人なのに、自身の歌は、『一橋文芸』所載の学園短歌以来、技術的にはほとんどかわっていない。(進歩していないと言うつもりはない。学生の時に選んだ「型」は、終生つきまとった、と言うのである。)『撃攘』は、三島事件前后の村上さんの一般的印象と平仄が合いすぎているのが気になるが、実は、そう不思議ではない。村上さんの思想の高音部だけをすくいとって歌えば、――それも、技術的にはやや単調に歌いかえしたとすれば、『撃攘』のような形にならざるを得ないのである。」

を挙げ、一郎を「自分でも一橋大学の学生だったころから、一種日本浪漫派的小節《こぶし》を持った述志の歌を作った。プロの歌人ではないが、しっかりとした短歌観を持つ文士であり、海軍の主計将校として日本の敗戦をむかえたという意味では、武人と言ってもよい。」と述べている。岡井はこの文章をこう締めくくる。

「　つばさ蒼くひとり火を食ふ鳥ありてさくばくと世は荒れてゆかまし

という歌のように、かれの死を境にして『さくばくと世は荒れてゆ』き、残されたわたしたちはそれを結構楽しみながら、その荒野に住んでいる。」

岡井隆の『現代百人一首』は、釋迢空から始まり百首の中に大橋巨泉の「みじかびのきゃぷりきとればすぎちょびれすぎかきすらのはっぱふみふみ」まで入れた異色の本で、親切な入門・解説本とはひと味もふた味も違うその独断ぶりが興味深い。

岡井が繰り返したように、一郎の短歌は「述志の歌」であった。学生時代からの浪漫派的な美意識に貫かれたというより、そこから離れられなかったともいえよう。だから、一郎は「亡骸を踏んで歩いた」痛みを終生抱え込み、苦しみ続けながら、その痛みを歌わなかった。

召集され、中国山西省で一兵卒として激戦に身をさらし続けた歌人がいる。宮柊二は「明星」から出発した浪漫派、北原白秋の弟子として短歌を始めたが、過酷な戦争体験が彼をリアリズムに変質させた。歌集『山西省』は戦争の現実を歌い、読むのが恐ろしいほど迫ってくる。宮は中国から帰還の途中、まっすぐに妻子の待つ郷里に向かうことが出来ず、死地を求めるように立山の険しい山中をさまよったという。戦場の殺し殺される生々しい記憶が歌集になったのは一九四九年である。

自爆せし敵のむくろの若かるを哀れみつつは振り返り見ず
ねむりをる体の上を夜の獣穢れてとほれり通らしめつつ
ひきよせて寄り添ふごとく刺ししかば声も立てなくくづをれて伏す
おそらくは知らるるなけむ一兵の生きの有様をまつぶさに遂げむ

宮柊二『山西省』

もし一郎が、亡骸を踏んだ瞬間や、その感触を歌い得ていたら、彼の短歌は変質しただろうか。彼の人生もまた多少とも違っていたのではないか。けれど、一郎の歌は最後まで浪漫派の武人の述志で、苦しみをリアルに歌うことはついになかった。

『山西省』に「帯剣の手入をなしつ血の曇《くもり》落ちねど告ぐべきことにもあらず」という歌がある。一郎は、生涯、日本刀を愛し、日本刀で死んだが、他人の血で愛刀を汚したことはなく、己の生を断った刀の曇りをみることもなかった。

『撃攘』が刊行され、その夏は、躁状態が続いていた。編集者がきても、一人で海軍の話をとうとうとしゃべり続ける。用件を切り出せないでいる編集者の様子にはらはらしたことは数え切れない。客が帰ったあと、そのことを注意し、「気を付けてくださいね」と頼むのだが「うん、わかった、わかった」と言うだけだった。

やたらに快活ではしゃぎすぎる躁の状態が進行すると、苛立ちやすくなり、怒りっぽくなる。心配するえみ子の言葉に「婦長でもないのに生意気だ」と怒り出したこともある。だが、躁の状態での言動を後悔し一番苦しむのは鬱に転じたときの自分なのだった。それが分かっていながら、抑制できないのが躁だった。

躁状態のときは、散歩も買い物も、いつもえみ子が寄り添っていた。外に出たがる夫と連れだって、どれだけ井の頭公園を歩いたことか。一郎が在宅している時は家を空けないようにした。それでも気持ちが外へ向かい、ちょっとした隙に知友の誰彼の家を突然訪ねる癖はやまなかった。そこでの振る舞いがまた増幅されて伝わるので、えみ子は一郎が外出していると、帰ってくるまで心配でたまらなかった。

躁のとき、一郎は狭い庭で素振りをした。運動のための手ごろな木刀を用意していて、抜き身でするわけではない。しかし、庭先の素振りを二階に住む母が嫌がった。両親は一郎には遠慮していたが、マスコミの騒ぎに心を痛めていた。誰に見られるか、何を言われるか分からないと神経をとがらせた。生活を分けてはいても、同じ家に住んでいれば、躁のとき、鬱のときの様子は手に取るように分かる。両親の心配がよく分かるだけに、ためらったもののえみ子は母の心配を伝えた。

「可哀想なことをしました。躁のときは、過剰に元気なのですし、素振りは、発散できて良かったんでしょうに。世間体を押しつけて……黙って止めてくれたのが、申し訳なくて。どうしても素振りをしたいときは、暗くなってからとか、家の裏でやっていました」

初秋、一郎は「小原流挿花」という雑誌の「日本の想芸」という連載の仕事や、吉田松陰全集の月報に寄せる原稿を書くための取材もあり、えみ子を伴って京都、萩、津和野へ、五日間の旅に出た。躁で出掛けたがっている時だった。大喜びの一郎に合わせ、緊張を顔に出さないよう心掛けながらえみ子は寄り添っていた。何度も「同じ土俵にいないように」と言った主治医がそのときは「二人三脚でおやりなさい」と言った。

新幹線のなかで富士山を見た一郎が頬を紅潮させて「いいなあ。やはり、いいなあ」と喜んだこと、津和野で森鷗外旧宅を訪ねたとき、一郎が『ヰタ・セクスアリス』のなかの、主人公の少年が女の子の下半身を見たくて、高い縁側から着物をまくって飛ばせたという話を大声でするので困ったこと……もう切れ切れな記憶が懐かしいという。

旅先でなにか起こさないよう気を張り詰めているのでくたくたになったが、帰ると一郎は久しぶりに落ち着いたように思え、えみ子は嬉しかった。鬱のときでさえ、必死に書こうとする一郎だった。そのころ、一郎は代表作の一つ、『草莽論』を書いていた。

「わたし、付き合っている人がいるの」

真理子が言いだしたのはその年の暮れだった。えみ子は薄々察していても、一郎にとっては寝耳に水で、色めきたったが、相手が以前からよく遊びに来ていた昔の教え子、勲とわかると、あっさり受け入れた。えみ子の方が内心は心配だった。勲は一郎の病気も良く知っている。その点は安心なのだが、勲はプロカメラマン志望だった。かつて一郎も教えた母校で講師をし、アルバイトの掛け持ちでなんとか生計を立てている。不安定な自分のこれまでを思うにつけ、真理子には自由業ではなく定職に就いている人と結婚してほしかった。

「なんとかなるわ。おかあさまだってなんとかしてきたじゃないの」

「そうだよ、真理子が選んだのだから、尊重すべきだ」

父と娘の団結に、苦笑するしかなかった。

久しぶりに華やいだ気分で年が明けた。勲の両親は離婚しており、勲が中学の教頭をしている父と一緒に挨拶にきてくれた日の一郎は、終始、穏やかなよき父の顔をしていた。えみ子は勲の父親の真面目で誠実な人柄を感じて嬉しかった。和やかな食事が終わるまでに、若い二人の希望で軽井沢の教会で結婚式をすることまで決まった。その頃、有名な歌手だかタレントだかがその教会で挙式し、真理子は憧れていたのである。しかし、一郎の安定期は、その日から数日後に終わる。この頃、徐々に徐々に、鬱が進行していった。

一九七二年、一郎は二度入院している。最初は春の二カ月だった。四月に入院するとき、えみ子は頼み込んで主治医を替えて貰った。

「ずいぶん失礼な、申し訳ないことをしたと思います。懸田教授は有名な方でしたし、むっとされたと思います。でも、わたくしも追い詰められていました。村上の様子をいちいち報告して指示を仰ぐのですが、それをどれだけ聞いてくださってるのか、わからなくて。お聞きしたいことが訊けないもどかしさもありました。それで無理をお願いしたんです」

新しい主治医、佐藤泰三は順天堂医院創設者の孫で、まだ若かった。最初の日にえみ子に自宅の電話番号を教え、妻にも話しておくので、いつどんなときでも電話していいと言ってくれた。それがどれほど支えになったか、計り知れないという。

真理子の結婚式は新緑の眩しい五月十八日、二人の希望通り、軽井沢の三角屋根の教会で執り行われた。一郎は入院中だったが許しを得て参列することができた。二十四歳になったばかりの花嫁は初々しく美しい。花嫁の父は涙ぐんだまま、ほとんど声も出なかった。

「真理子、綺麗だよ」

「勲君、真理子をよろしく」

それだけ言って勲と握手したのが、精一杯だった。一郎は鍵のある病棟に戻っていった。


五月に刊行された『草莽論　その精神史的自己検証』は『北一輝論』のようには売れなかった。

だが、出版社気付で一郎に届く手紙には、不思議な熱のこもったものがあったらしい。

「いやあ、先生の信者は、結構いるんですよ」

出版社の担当の冗談交じりの言葉が、えみ子を落ち着かない気分にした。


「草莽は身分が低かろうと、貧しくあろうと、草賊のたぐいでもなければ、野伏せ、山伏せの類でもない。手足は労働の土にまみれようとも、こころは天下の高士である。しかも、晴耕雨読ただこころを養うばかりではなく、ひとたび一世の動こうとする時に当っては、義侠の徒を組織して立ち、或いは百姓一揆を領導して、内乱を革命に転化せしめ得る力量の持主でなくてはならない。故に、草莽こそ、天知る地知る我知るのかくれた英雄であらねばならず、また文武両道のインテリゲンチャでなくてはならない。たとえば志を得ず、一生晴耕雨読に明け暮れるとも、なおこころ屈するところなく潔士としての生涯を終る決意こそ、草莽のものである。」（『草莽論』）

「調子が高いでしょう。これが躁のときの文章です」

えみ子は苦笑しかけて、真顔になった。

「わたくしね、あの頃、躁のときは村上の原稿のチェック係をしてましたのよ。特に雑誌には、あまり過激なことを書き飛ばしてまた何か言われないように、気を付けていました。村上もそれは了解してくれていましたし」

そして、『草莽論』奥付の著者略歴をえみ子は指さした。

「無名鬼」同人

アジア・アフリカ語学院講師

１９２０年東京生まれ

１９４３年一橋大学卒業

その下に著書リストがあるが、たった、それだけの略歴である。

「アジア・アフリカ語学院しか、もう勤めていなかったのです。それもずいぶん休んでご迷惑かけてましたし、いつ馘になるか心配してました。紀伊國屋新書のエディターの仕事は、週一出社といっても、ずいぶん自由にやらせていただいてましたが、もう、さすがにね。正式に辞めたのは七月だったと思いますが、ずっと仕事をしてないし、本人はもう辞めたと思ってたのね。アジア・アフリカ語学院が最後の定職になりました。この翌年です、辞めたのは」

そして、えみ子が示したのは、扉裏の、献辞である。

「四人のHと五人のMに——そして三人のTと、三人のSと、六人のYと、五人のAと、四人のKと、さいごに四人のUに。（内、生存者六人なり。）著者より　」

「あのひとは、いつも、戦死した海軍の仲間や昔の友達を忘れられなかったんです」

鬱のひどいとき、雨戸も襖も閉め、暗い部屋で布団を被って丸まっている。そんなとき、小さな声でなにかぶつぶつ唱えていて、最初は経文のようなものかと思ったという。あまりに苦しげで呻くようなささやきに、跪いて布団に耳を寄せ、気づいた。

「疋田……浜野……関……」

一郎は戦死した海軍の仲間の名を呼び続けているのだった。そのなかに「チャーちゃん」もあった。それは、戦死した子供時代の親友のことで、畳職人だった石塚房吉のニックネームが

「チャーちゃん」だった。またあるとき、名前を呼ぶのではないささやきを聞いた。それは身を絞りに絞って滴る呻きだった。

「亡骸を踏んで歩いた……亡骸を踏んで歩いた……亡骸を踏んで歩いた……」

一郎が東京大空襲のあと駿河台の屋敷に訪ねてきたとき、同じことを呟いたのを、えみ子は瞬時に思い出した。一郎の震える手が、藁を摑むように自分の手を摑んだ感触まで甦った。涙が布団の上にこぼれた。えみ子は夫を布団の上からしばらく撫でていた。こんなに優しいひとが、なぜこんなに苦しまなければならないのか。世間の人はみな、戦争など忘れているのに。戦争の責任など、誰も取っていないのに。

「村上は、自分は戦争に加担した、その人たちを死なせた責任があるといつも思っていたんです。軍人には、もう敗戦は分かっていたのだから、もっと早く終戦にする責任があったと思っていたんです。軍人になって戦争に加担していたのだから、大空襲にも、広島にも長崎にも、責任があると思っていたんです。そうして死んだ人たちを踏んで歩いた……亡骸を踏んで歩いた、って。それは役目でしたのにね」

私は、移動図書で届いた「戦中派の条理と不条理」について、えみ子に話した。その本は「汚破損状況指示票」が挟まっていたほど、表紙が取れかかり、綴目も緩んだ本だった。春秋社から出版された『現代の発見』という全十五巻の第一巻で『私と戦争』をタイトルとし一九五九年十二月発行だった。「精神の癌」五味川純平、「戦中派の条理と不条理」村上一郎、「哲学の戦争体験」山田宗睦の三篇を収めている。序文で敗戦の日をまんなかに前後十五年ずつの昭和の三十年間という〈現代〉を広範な視点から検証し、〈現代〉を正しく認識し、「われらいかに生くべきか」という人生論へつなげてゆきたいと述べている。そういう固い議論の本が全十五巻で出た時代から長い年月が流れた。六〇年安保の前年である。

その第三巻に一郎の書いた『日本軍隊論序説』は後に新人物往来社からも出版されている。明治時代、日本に陸軍と海軍の生まれた最初から、軍隊というものを冷徹詳細に論じ、躁鬱病の雲がかかる前の一郎の凄味を感じさせる。

六月の末一郎が退院し、七月、えみ子は夫と自分のキャラバンシューズを買った。尾瀬に行くことになったのだった。尾瀬の開発に反対し、「尾瀬の自然を守る会」を立ち上げ、車道などの工事中止に追い込んだ尾瀬の山小屋、長蔵小屋の三代目平野長靖が遭難死したのは前年で、一郎は長靖にいたく感動していた。登山や自然にさして興味を持たなかった一郎が、尾瀬憲章が制定されたことを知り、長靖が守った尾瀬に憧れたのである。えみ子には『草莽論』の反響で躁に向かっている一郎を落ち着かせたい気持ちもあった。

「鳩待峠が大変でしたねえ。でも、あそこを登らないと、尾瀬に行けないから、必死で登りました。木道をずうっと歩いて、長蔵小屋に泊まりました。最初で最後ですよ、山小屋で泊まったのは」

キャラバンシューズを履く機会は、その後訪れなかったが、尾瀬は楽しい思い出になった。七月、紀伊國屋を辞め、月末から十一月まで、四カ月の入院になったのである。入院は親しい人にしか知らせない。原稿や講演の依頼をうまく断るのが大変だった。えみ子は毎日、病院に通った。夫が自分を待っているのがひしひしと分かる。行かずにはいられなかった。

「ほかの患者さんのところへ来る面会の方には、ほとんど会いませんでした。長い病気で、家族はみな疲れて、入院したらもう放ってしまうのですね。それも分からなくはありませんでした」

入院の間は、安心して眠れる。久しぶりの自由な時間があった。一郎が入院すると、一日二日は心身を休めたが、あとは夢中で人形に取り組んだという。なにも考えず、人形に向き合っている時間が、えみ子を支えていた。

退院すると、講演でも取材でも、えみ子は付いて行った。講演を依頼する側は、一郎の交通費と、地方なら宿泊費を持つが、えみ子の分までは出ない。出費は痛いが、とても一人では行かせられなかった。

「たしか……神戸商大だったと思うのですが……もう忘れましたが、人学の関係から講演で呼ばれました。わたくしは招かれてないでしょ、近くの書写山の宿坊に一人で泊まったんです。そしたら、何度も何度も宿の人が何か言いに来るのね。なぜ、こんなに何度も来るのだろうと思って、あっと気づきました。女一人で旅館に泊まるなんて、まだ怪しまれた時代だったんです」

一郎が出かけたがる躁のときは、何を口走るか、何をしでかすか、えみ子は常に気を張っていた。籠っていたい鬱の状態のときでも、約束してしまった講演旅行は行かねばならない。出来るだけ明るくふるまい、なんとか夫の気持ちを引き立てようとした。しかし鬱のときの一郎は旅を楽しめず、かえって妻の気遣いを心苦しく思ってしまうのだった。それを感じてえみ子も辛くなる、そんな繰り返しのなかで、えみ子自身、不安定になり、落ち込んでしまうのは当然だったろう。自分を責めないようにと新しい主治医はえみ子を気遣い、安定剤を出してくれたりした。


一九七三年七月、真理子が男の子を産んだ。娘たちは結婚してしばらくの間、すずかけ小路の家の二階に住んでいた。両親のため二部屋を建て増ししたとき、隣にもう一部屋、六畳を作っていた。小さな台所を付け貸間に出来るようにしていたので、新婚夫婦には十分だった。勲のために階下の納戸を暗室に改造した。この時期、すずかけ小路の家には、えみ子の両親と真理子夫婦、一郎たちと三世代がある程度のプライバシーを持って暮らしていたのであった。

一郎が孫の数馬を抱いた写真がある。好々爺そのものの歯を見せた笑顔で、目鼻立ちのくっきりした可愛い赤ん坊を抱いている。

「ずうっと、真理子は可愛いなあと言い続けてきて、今度は口を開けば、数馬は可愛いなあ、でした。本当に可愛い子で」

男の子は母親に似る、真理子に似たから可愛いのだと一郎は手放しだった。赤ん坊が三世代の夫婦に笑顔をもたらした。一郎は数馬が泣いても、決してうるさがらず、むしろ、元気な泣き声を楽しんで聞いていた。

数馬の生まれる前に、桶谷秀昭が「無名鬼」を去った。桶谷が公私ともに忙しくなったからで、喧嘩別れしたわけではない。それからも親交は続いた。だが、七年前の入院時に協力を申し出てくれ共同編集になって以来、支え続けてくれた桶谷が「無名鬼」を去り、アジア・アフリカ語学院も辞めた一郎にとって、初孫の存在がどれほど慰めになったかわからないとえみ子は振り返る。

一郎は前川佐美雄の「日本歌人」に入り、レッドパージの頃使ったペンネームでひそかに短歌を投稿していたこともあるが、続かなかったという。金子兜太の「海程」にも、ときどき句を寄せていた。金子兜太は「磁場」村上一郎追悼特集号に寄せた追悼文の末尾に、没年一月二十三日付けの、一郎の最後となった俳句の一部を紹介している。その二句目をえみ子は忘れられない。

妻遠く明け回心の錐《きり》を揉む

「あのひとは心底、日本の定型詩が好きだったのに、わたくしが辞めさせようとして……」
後悔と自責の念が消えることはないという。

以前から、一郎は「伊東静雄論」を書きたがっていた。自分が結核で死線をさまよっていたころ、おなじ結核で亡くなった詩人を、一郎はずっと愛してきた。「無名鬼」には、ずっと「萩原朔太郎ノート」を発表してきている。「こういうのが僕の本筋の仕事だ」とえみ子にはいつも言っていたのである。七四年の春、長崎大学の学生グループから講演の依頼を受けた。礼金は出せないが、旅費と、美味しい魚を食べてもらうという話に、一郎は喜んだ。伊東静雄は諫早の出身で、長崎のついでに足を延ばし、取材できる。
四月末、諫早、長崎旅行は実現した。素朴な学生たちと明るく語りあい、もてなされ、それは楽しい旅行だった。春先は不安定になりがちなのに、このときは安定した状態が続いていた。このまま良くなるのではないかとえみ子は本当に嬉しかった。だが……。

「六月末頃でしたか、或るテレビ局からほんの短い時間、話をしてほしいと頼まれました。急な話でしたが、病院の先生もよい時は積極的に仕事をするようにとの事で、お許しを得て、私も一緒に局へ参りました。気が小さい私は、録画中の部屋へ入ることはいやでしたので部屋の外で待っておりますと、しばらくして不意に村上が飛出してきて、あとからひとびとが追いかけていきます。私は始めのうち、もう終ったのかと思いましたがそうではなかったのです。タレントばかりあつかっているテレビ局の人々の感覚には、とうてい村上の心はつかめず、村上は怒り心頭に発し、もう絶対にいやだ帰ると頑張ります。それなのに人々はまだひきとめようとするのです。私は間にはさまってどうしたらよいか夢中で、もうこのままだまって帰してほしいと頼みました。車で送るというのをふりきって、どこをどうやって帰ったのか殆んど覚えておりませんが、国電に乗りました。

車中では割合平静の様でしたが、途中から吊革につかまって眠りこけるようになるので心配でたまりませんでした。その翌日から、様子が少しおかしくなり、昼間から死んだ様に眠りこけ、いくらゆすっても眠りつづけるのです。病院へ電話して、結局特別に診察をして頂くことになり翌朝をまちかねて病院へかけつけました。午後から脳波を取ることになり、それまでに昼食をすませる為に外へ出ようとしましたが、病院の玄関で倒れてしまいました。しばらく横になる様にと、看護婦さんがひきとめるのもきかず表へ飛び出してしまい、私があわてて後を追いますと、しばらくして急に激しい嗚咽をはじめました。付近の店の人が飛び出してくるし、道ゆく人は妙な顔をしてみますし本当に困りましたが、病人だからそっとしておいて下さいと頼みますと、店の人も黙って気の毒そうに引っこんでくれました。村上はしばらく泣いておりましたが、やがて歩き出しましたので、ついて行きますと、ついてくるなと怒ります。それでも心配で見えかくれについて行きますうちに、少し気が静まったらしくやっと一緒に歩いてくれて、はらはらしながら食事をすませ、病院へ戻りました。どうした事か脳波を取る時もやめてくれと大さわぎをして、馳けつけた主治医の先生がどう説得されても入院をこばみ、やっとタクシーで帰る条件付きで帰宅を許されました。その後、大した事もなく治《おさ》まってほっとしましたが、あの時の村上の嗚咽の中にはどんな苦しみが去来していたのかと思いますと、今でも胸がしめつけられる様な気が致します

（「夫村上一郎の思い出」）

「無名鬼」追悼号はもうすっかり黄ばんでいる。「夫村上一郎の思い出」は「思えばいろいろの事がございました」と始まる、えみ子の声が聞こえるような六ページの文章である。

「一息に書きましたから……原稿用紙で二十枚だか三十枚だか覚えていませんが」

この出来事はいまでも思い出すのが辛いという。

「お医者様が、東大に転院したらどうかとおっしゃったのです。でも東大は電気ショックをするという噂があったんですね、その頃。村上は電気ショックだけは嫌だとそれは怖がって。自分が壊されると思ったのでしょう」

その後は主治医に命じられ、毎日の薬の量の記録を取った。わずかな薬の変化が病状を変えた。ほんの少し薬が増えただけで良い状態が続くかと思えば、どんどん薬を増やしてもどこまでも悪くなり、不安におののきもした。

二人で病気と闘おうと頑張ってきたが、もう治らないのではないかという絶望にかられ、そのままどん底へ攫《さら》われそうになる。これ以上このひとを苦しませたくない。いっそ、あなたを殺してあげよう。そしてわたくしも死のう。それは疲れ果てたとき、えみ子の心をよぎる誘惑だった。そうすれば二人とも、楽になれる……。この次、またあんなことがあったら、その時は殺してあげよう。そう決めて、一日一日をなんとかやり過ごしていたのだった。

「えみ子と話している時が、一番心が休まる」

夫はもう妻に頼り切っていた。一郎が沈んでいるときは、ひとりにしないよう、できるだけそばにいた。ある夜、暗い顔で俯いている一郎と向き合っていると、息苦しく、どうしたらよいかわからなくなり、突然、涙がぽろぽろ溢れ、止まらなくなった。いけない、泣くまいと思っても止まらない。やっと泣き止んで「ごめんなさい」と言ったが、一郎の顔にまた胸を突かれた。妻の苦しみを見ている一郎の方がずっと辛く、苦しいのだった。

「ごめんなさい、あなた、もう、大丈夫ですから。ごめんなさい」

妻のささやきに、一郎はかすかにうなずいた。

師走で人影のまばらな、冬枯れの井の頭公園を二人で歩いた。四季おりおりに歩いたのに、何故か冬の井の頭公園が思い出されるという。落葉した欅の大木の幹に空洞があった。あの空洞に夫の病気を埋め込んでしまえたらと、詮ないもの思いに捕われた。池の蓮の葉は枯れて破れ、焦茶色の花殻や何本もの折れた太い茎が無残に突き出ていた。

「破《や》れ蓮《はちす》だ。季語なんだよ」

何度か同じことを聞いていたが、えみ子は頷いた。

「僕の残生のようだ」

ますます痩せた夫の影が歩道に細く、長かった。

十一、自死

一九七五年（昭和五十年）年初から、一郎は新しい日記をつけ始めた。正月は元気だったのだが、日記に「断絃日録」と名付けたときから、自殺の誘惑、自殺の予感があったのではないかと、何年ものちにえみ子は思った。辛すぎてそのノートを手にすることも、数年はできなかったのだ。

二月四、五、六日と箱根に遊んだ。一郎は小田急のロマンスカーが好きだった。少し元気すぎるほどで、早雲山でスケート場を見ると、宇都宮の少年時代、氷の張った田んぼで滑っていた一郎はスケートをしようと言いだした。

「君も中延の伯父さんに教わって、できるんだろう、一緒に滑ろう」

「もう何年もやってないのに、滑れるかしら」

一応ためらってみせたが、えみ子は女学校時代、土曜日に当時伊勢丹二階にあったスケートリンクに通い詰めて熱中したこともあったのだ。女子学院はミッションスクールで土曜は休みだったのだが、公立はそうではないので、土曜の午前中にスケート場に入ろうとして、補導されかかったこともあった。伊勢丹のスケートリンクが進駐軍に接収された時は、もう滑っているゆとりなどなかったのに、がっかりしたことを覚えている。

早雲山のスケートリンクで滑っているのはほとんどが小学生だった。その中に交じって、そろそろと滑ってみた二人は、すぐ昔のカンを取り戻した。一郎が手を差し伸べ、二人は腕を組んで滑った。小学生の子供たちと一緒に笑い声をあげながら、五十四歳の夫と五十歳の妻はリンクを何周も何周もしたのだった。

箱根から帰って間もなく、一郎は文学者の墓参りをしようと言いだした。むろんえみ子も同行し、田端の大龍寺で正岡子規、染井墓地で高村光太郎、二葉亭四迷、岡倉天心の墓に詣でた。雑司ヶ谷墓地にもゆき、永井荷風、夏目漱石、小泉八雲の墓も拝した。桶谷秀昭も加わり、一日がかりになった。そして子規の墓前で撮った写真が、一郎の最後の写真になった。

「みんな歳をとったなあ」

その写真を眺めて一郎は言ったというが、黒いベレー帽を斜めに被って微笑した顔は、明るく見える。一月二月は躁の状態が続いている。

「磁場」追悼号に収められた「続断絃日録その二」は、如月念(木)から始まる。二月五日には若き日、一郎が最も影響を受け、敬愛してやまぬ歌人齋藤史の主宰する「原型」の結社賞を百々登美子が受けることを「天晴れなことと思ふ」と記す。百々登美子は一郎が山中智恵子の『みずかありなむ』に続いて編集し世に送った歌集『翔』の作者で、えみ子とはずっと親交が続いている。「山中さんと、百々登美子さんと三人、女同士で仲良くしてました。山中さんは〈私は特別〉という感じがありましたけど、百々さんは普通の感覚の方で、気がおけなくて。とても良い方ですよ」「磁場」追悼号に寄せた百々の文章からは一郎の病気を案ずるその人柄がしのばれ、それだけに山中智恵子の自己中心ぶりへのえみ子の怒りも理解できるのである。

「村上さんほどやさしい人も、またこわい人も私は他に知らないといえる。お手紙の文字のふるえで、薬の量を押し測れるようになっていた。また文体の調子で、その日のお体の具合も察せられるようになっていた。ほめて下さる時も嬉しかったが、叱られた時はなおさら嬉しかった。」

長年、絵手紙を送ってくれると言い、何葉か見せてくれた。よく見かける下手うま味を売りにする絵手紙とは違い、鉛筆でかたどり、丁寧に水彩絵の具を塗り重ねた絵の周りに、百々はこまごまと近況を綴っている。二〇一四年、百々登美子は第十歌集『夏の辻』で葛原妙子賞を受賞している。体調が許さず『夏の辻』の出版記念会に参席できなかったことを、いまでもえみ子は残念がる。

「前週の受診から一週間を経過したが、どうも下って来ない。体重も五〇キロ以下になってしまった。ただ、よく眠れることだけが幸ひである。そして何よりも歩くことがよいらしい。一人で歩いてよい状態でありたい。でないと、栄美子も参ってしまふ。特に木の芽どきでもある。気をつけて、栄美子のいふ通りにしてゐたい。／二三〇〇までに原稿紙三枚ほど書き、臥床。」（続断絃日録その二、二月五日付）

二十三時〇〇分を二三〇〇というように書くのは一郎の癖だった。

『東国の人びと』を書き上げるまでは絶対に死ねないと、口癖のように言っていましたの。小説を書くためには四百字の原稿用紙が良いからと二千枚も作ってもらったばかりでしたのに」

二十六日には「二・二六なるも、先日の雪はほとんど消え、陽光にぶやかなり。」、そして海軍短期現役の同期で経済界の人物の伝記などで知られる作家、小島直記からの来信を記している。「石橋幹一郎氏が来宅し僕のうわさをし、僕の健康を心配してをったとのこと」。自伝『降りさけ見れば』のために昔の日記を読み直したり、原稿や手紙を書いたりしている。

日記に「栄美子」の出ない日はない。税務署に出す書類を「栄美子の計算どほり記す。」など、頼り切っているのがよく分かる。そんな生活の中で、えみ子が寸暇を盗んで外出していることも記されている。

「栄美子、重田さんに行く。彫金の勉強のため。」「夕方、栄美子、人形より帰り、すきやきを作る。」などだが、彫金も人形の冠など小物を作るための勉強だった。一郎は妻が人形に打ち込むことを喜んでいた。

「形のあるものを作るのは、いいね、羨ましいと言ってました。人形を見ていて、一度ね、誤解されそうですが、言葉は汚い、そうぽつっと言いましたの。三島さんが亡くなった後で、いつだったか、はっきり思い出せないのですが」

鬱で一人で置いておけないときは、真理子に預けてでも人形の勉強に出かけた。前年から、真理子夫婦は、勲の父が退職して建てた深大寺の家に同居していた。いつも孫の数馬に会いたがっていた一郎は、真理子の家で留守番するのを喜んだ。バスに乗って一郎を送り届け、その足で人形の教室に行く母に、二人目の子を妊娠していた真理子が言ったことがある。

「なんのかの言っても、結局、おかあさまは自分のしたいことはするのよね」

三月四日には「いい状態なりとの診断。」とある。翌日は一人で散歩に出て、買い物などしている。八日は、「午食は真理子のところへ行って、ラーメン。」とある。「栄美子とともに一八〇〇帰宅。」とあるから、えみ子は人形に出かけたのだろう。えみ子は出かけると、必ず夕方までには帰宅していた。

九日に「けふも原稿を書かず、早く寝る。」とある。躁が落ち着くとすぐ、鬱へ向かっていた。十四日「下りかけの状態がつづき、日記も書かなくなった。仕事もうまくゆかない」。十五日は、税務署に申告を出し、その足で順天堂へ。二時間待たされて受診した。帰宅し疲れて横になっても眠れず、「夜は仕事をしようとしたができなかった。『語部の精神』のやうなものを書きたいのだが、それが構想できない。」十六日も十七日も「ものが書けない。」、「仕事も進まず、仕方ない。」とあった。夫の日記が十八日、わずか一行でその後は途絶えていることを、えみ子はその時はまだ知らない。

「弥生十八日（火）
天気がよいので少し散歩したが、依然落ちてゐて仕事は進まない。」

三月二十九日のその日まで、もう一郎は日記を書けなかった。途中、二回受診して、最後の受診のとき、薬が変わったとえみ子は記憶している。薬の影響があるいはあったのだろうか。「続断絃日録その二」は、ノートの表紙下部に「昭和五十乙卯年如月十九日より春に及ぶ」「村上死去まで、禁他見」と記されている。表紙のその二行をいつ記したのかはわからない。何も書けなかった最後の十日ほどのどこかではないか、そのときはもう自殺を決心していたのではないかと思うと、なぜ、それを察知できなかったかと思わずにいられない。

「いいものを書きたい。いいものが書ければそれでいい」

若き日にそう語り、書くことだけが生きがいだった夫は、遺書を残さなかった。


死の前夜、一郎はいつまでも手紙が書けずに炬燵にうずくまっていた。

律義で筆まめな一郎は、貰った手紙には必ず返事を書く。雑誌で読んだ作品に感動すればすぐ手紙を書く。著作が贈られれば必ず目を通して手紙を書いた。長年、丹念につけていた日記には、それが小学校時代からの癖で、行動の時間まで記していた。

すずかけ小路の村上家は何度も建て増しをして鰻の寝床のような家になっていた。最初に建てた六畳は今はほとんど使っていない。空けて貸間にすることにし、駅前の不動産屋に間借り人の斡旋を頼んだ。出版社や講師の仕事をすべて辞めてから二年、少しでも定収入が欲しい。書けなくなれば食べてゆけない。その恐れが夫に常に重くのしかかっているのは、よく分かっていた。

えみ子の女学校時代の友人が貸間の話を聞き、自分の娘を入れてくれないかと言ってきて喜んだのだが、都合で取りやめになり、不動産屋から別の間借り希望者が紹介されることになっていた。そのごたごたが夫に触らないかとそれも心配だった。

無類の手紙好きで、いつもなら手紙を書くのは楽しみにしているのに、簡単な礼状さえ書けないで苦しむなんて。見ていられず、えみ子は炬燵の夫にそっと寄り添った。

「一緒に考えましょう。手紙はちょっと行き詰まると、進めなくなるものだから」

手紙は滞っていた箇所をちょっと直すと文章が流れだし、一郎は案外すらすらと終わりまで書いた。

「こんなものに苦労するなんてね」

ひどく疲れ、情けなげな夫の声に、こんなことで自信を失ってはとえみ子は何度も言わずにいられなかった。

「わたくしだってこんなこと、しょっちゅうよ」

明日すぐ投函できるよう切手を貼ったものの、午前中に間借り希望者が来ることを思いだした。

「明日の朝は、わたくしが会います。風邪だと言っておきますから、寝ていてね」

書庫を兼ねた四畳半に置いたベッドに横になった一郎は、素直にうなずき、妻を見上げて言った。

「何もできなくてごめんね」

薬で夫が眠ったのを見届け床に入ると、「今日は無事に済んだ」と思う。この数年、毎日、その日いち日をなんとかやりすごすことしか考えられなくなっていた。

発病以来かかっている順天堂医院の精神科には、三月十五日にいつものように夫に付き添って受診したが、その後も一郎の状態は落ちるばかりで、つい三日前にまた一緒に受診し、薬が変わっていた。これまでの経験から、躁でも鬱でも、一番悪いのは十日ほどで、その後は少しずつ落ち着いてくることは分かっていた。えみ子は克明に、夫の服用した薬のメモをつけていたが、薬が変わったばかりなので効き目の推量ができなかった。今回の鬱はいつまで続くのだろう。まだ下り坂なのだろうか。だが躁になるのはもっと怖い。抑制がなくなるので、何をしでかすかわからない。躁のあいだの言動や文章で、いちばん傷つくのは本人なのだ。そして、鬱から躁への変わり目がいちばん、怖い。予想のつかないことが起こる。

気を張り詰めた年月の疲労が積み重なり、えみ子自身、もう二年ほど安定剤や入眠剤を処方されるようになっていた。少しでも眠っておかなければ身体がもたない。

翌二十九日、真理子たちと外で会っていたえみ子は、娘と孫に手を振って別れると、帰りを急いだ。前から、真理子の家族と昼食の約束をしていたのに、一郎は出かけるときになって行かないと言い出した。

「今日はなんとなく気が進まない。やめておくよ」

一郎は娘が可愛くてたまらない子煩悩な父だったし、散歩の途中でも、顔が見たくなると会いに行ってしまうほど初孫を可愛がっていた。いつもなら喜んで出かけるのにとは思ったが、疲れているのだろうと、強いて考えた。いつも、鬱のときはあまり心配そうな様子を見せないよう、心がけていた。それに、その朝の表情からは、昨夜手紙を書けずに苦しんでいた影は消えていた。それでも、ひとり残して外出するのは気が進まず、電話をかけたが娘夫婦はもう出ていて繋がらない。しかたなく、えみ子は一人、家を出た。少し歩いて孫のために編んだ小さなベストを忘れたと気づき、家に戻った。この次でもいいと思ったが夫が気になった。

「どうした、忘れものか」

夫はおだやかな笑顔だった。落ち着いている。ほっとして、待ち合わせた吉祥寺駅近い伊勢丹に行った。食事が終わるとすぐ娘婿の勲は席を立った。

「先に行って暗室を使わせて貰います。おかあさん、ごゆっくり」

深大寺の新居には暗室がなく、いつも一郎夫妻の家に作った暗室を使っていた。家に残した夫が気になったが、しばらくはよちよち歩きで可愛い盛りの孫の相手をしていた。二人目でお腹が目立ってきた真理子とお喋りもしたが、やはり落ち着かない。

「やっぱりお父さんが心配なのね」

娘の言葉にうなずき、席を立ったのだった。

夫への土産に途中の小さな和菓子屋で桜餅を求めた。夫は普段の生活には、なんの不平不満も言わず、食べることにも無頓着で、食事の文句を言ったこともない。どこの店の何でなければと料理や菓子を求めたこともない。だが一緒にお茶を飲む二人の時間が、夫のやすらぎになるのはよく分かっていた。

「君とこうしているときだけ、ほっとする」

二人でお茶を飲みながら夫が呟いたのは、三島由紀夫の壮絶な死のあと、関わりをマスコミにクローズアップされ、激しい嵐が吹き荒れていたころだった。以来その言葉を何度聞いたろう。涙が滲みそうになったが、振り払って足を速めた。

「わたくしが付いていてあげなくては。その気持ちがいつも背中に張り付いていて……」

えみ子は、私にいろいろ話しているうちに、夫の自死の日の記憶がまだらに抜け落ちていたことに気づいたという。外出から帰り、自宅の門前に立つ制服の巡査を見て凶事を悟ってからの記憶が断続的になっている。台所に押し込められて冷たい板の間にぺたんと座ったまま震え続けたこと。

「大切にしてあげて！」

そう叫んだ記憶はある。それはたぶん、一郎の遺体が、検屍のために運び出される時ではなかったか。それも定かではなく、遺体が戻ったときの記憶もない。次の記憶は、棺の中に、「東監のころのえみ子の面影がある」と一郎が気に入って書斎に飾っていた人形をそっと入れたことだった。人形を始めたのは、まだ一郎を躁鬱病が襲う前で、苦労は続いていても、まだ若く希望を抱いていた。衣装の若草色が少し褪めた人形をそっと一郎に寄り添わせたとき、わななく口から声は出ぬまま「もう苦しまなくていいのよ」とささやきかけたことを覚えている。

暗室を使いに家に入った勲が見たのはまだ温かい舅だった。とっさにかかりつけの山崎医院に電話をかけた。山崎先生という勲も顔なじみの女医が駆けつけてきて一郎の死を確認し、警察に連絡してくれたという詳細を知ったのがいつだったかも、はっきり覚えていない。

「奥さん、いまは何も考えないことです」

えみ子はいまも山崎先生のいたわりに満ちた声を思いだすことがあるという。二週間ほど、山崎医院に通った。山崎先生はなにも喉を通らずにいるえみ子に、力をつける注射をしてくれ、一円も受け取ろうとはしなかった。

「かかりつけの家庭医というだけではなく、たしか先生の洋服を縫ったりしていたと思うのですが……なんであんなに親切にしてくださったのか」

戦後間もない一九四九年、東大生が貸金業を組織して大金を集め、高利で貸し付け一時は儲けたものの、借金の返済ができなくなり、露悪的な遺書を残して青酸カリで自殺した。世にいう光クラブ事件で、自殺した東大生は山崎先生の弟だったと聞いている。三島由紀夫の『青の時代』や高木彬光の『白昼の死角』など、いくつもの小説のモデルになったセンセーショナルな事件だった。事件を起こしたものの家族が、どんな目にさらされ、どんなに苦しむか、山崎先生はよく知っていて、えみ子に同情を寄せたのであったろう。

お通夜も四月一日の葬儀も、斎場ではなく自宅だった。納棺のときえみ子は腰が抜けたように立てなくなり、勲に抱えられて隣室に寝かされ、葡萄酒を飲まされた。駆けつけた桶谷が葬儀の中心となり、「無名鬼」を手伝ってくれた若者たちが献身的に助けてくれたのもぼんやりとしか覚えていない。「無宗教でお願いします」と言ったことだけ覚えている。それは、前々から一郎が口にしていたことだった。まだ無宗教葬は少ない時代であったが、線香の代わりに白菊を手向けることになった。

「無名鬼」に「ボードレール論」を発表していた樋口覚からの電話で訃報を受けた岡田哲也は、九州から深夜の急行に飛び乗った。通夜では、六畳にぎっしり弔問客が座ったことを岡田は『憂しと見し世ぞ』に書いている。

「お通夜には埴谷雄高、竹内好、久野収、吉本隆明、金子兜太なども集まった。谷川雁は小派手なストライプのスーツを着て来た。

『やっぱり人に迷惑かけた奴が、人をいっぱい呼ぶんだね』と谷川は座を賑わした。誰かが、それはお前さんのことになるかもしれんよ、とまぜっかえした。」
「式の間は、村上一郎が好きだった『展覧会の絵』と『エロイカ』第二楽章と『海ゆかば』が流された。私と樋口覚はレコード係だった。『海ゆかば』に針を置く時、涙がぼたりと盤の上に落ちた。」

それらは、えみ子の記憶には全く、残っていない。突発的な不祥事を恐れて、警官隊が並んで葬儀を警備したもののしさも、記憶にないという。

ただ告別式で吉本隆明が「哀辞」として、「優しかった貴方は、貴方の家族をも看護の労苦から解き放ちたいと思い遣ったかもしれないと想像すると哀しくなる。」と述べたときの、文字通り身を裂かれるような痛みをえみ子は忘れられない。それは息が止まりそうな激痛で、涙も出ないものだった。一郎の前でぽろぽろ涙をこぼしてしまった夜があった。あのとき、夫が、これ以上妻を苦しめまいと思ってしまったのではないかという気持ちは、鋭い痛みとなって何年も残った。桶谷が閉会の挨拶でえみ子の献身を称えたときも同じだった。「それは、文字通りの献身的な看護と愛情でありました。」と言われたのがただ苦しかった。あとは、何人もの弔辞が、耳を通り抜けて行った。

えみ子は方眼用紙に当時の間取図を描いてくれた。会葬者は予想よりずっと多く、門から奥

まった玄関先に置いた焼香台まで行列ができ、行列はすずかけ並木から欅並木まで続いたという
が、えみ子はただ機械人形のように頭を下げ続けていた。出棺のとき、倒れかけたえみ子を、親族席から飛び出して手を差し伸べ、抱き支えたのは昔の「大きいお兄ちゃま」小久保隆一であった。そんなえみ子は周囲から「焼き場には奥さんは行ってはいけません」と口々に言われた。「連れ合いは焼き場には行かないものです」とも言われたという。

「村上を最後まで見届けます」

きっぱり口に出すと、何故か、身体がしゃんとして、自分で歩いて車に乗った。

桶谷は村上家に葬儀を出す金があるか危ぶんだという。三島の死後の騒ぎはすでに遠く、病気のため定収入の入る仕事はすべてやめていた。書けないで苦しむばかりだったから原稿料も入っていないだろう。香典返しはどうするか。桶谷と学生たちは相談した。

生キテハ有限ノ身トナリ

死ニテハ無名ノ鬼トナル

罵詈山坊主人

一郎の好きだった詩句と雅号を白く抜いた群青の風呂敷は岡田が手配した。九州生まれの岡田は十四人兄弟の末っ子だった。呉服店をしている兄がいて、頼んでくれたのである。

えみ子は初七日の、自宅から吉祥寺の駅近い店に移した席で、金子兜太が「村上一郎、バンザ

イ！」と叫んだことを何故かよく覚えている。文学関係の知人たちが、文学談義に花を咲かせ、声高に談笑している傍らで、海軍の仲間たちは口数少なくおだやかに酒を酌み交わしていたのが印象に残っているという。

葬儀に来られなかったからと、石橋幹一郎が遠くに運転手付きの車を停め、ひとり歩いて弔問にきてくれたのは数日後のことである。かつての「石幹」は、ブリヂストンの社長から会長になりブリヂストングループの総帥になっていた。

「何かお役に立てることがあれば、どうぞご遠慮なく、いつでも、なんでもおっしゃってください。ここにお電話いただければ」

直通の電話番号を記した名刺を置いた石橋の香典包みには、十万円入っていた。

「びっくりしましたよ。昭和五十年の十万ですからね。お返しをどうすればいいのでしょうと言ったら、桁の違うお金持ちなのだから貰っておけばいいんですと皆さんおっしゃるの。それで、あの無名鬼の風呂敷しかお送りしなかったと思います」

葬儀が終わると、えみ子の父は、隣近所を一軒ずつ訪ね、騒がせたことを詫びて深く頭を下げ、「これからも残されたえみ子をよろしくお願いします」と挨拶して回ったという。この話をするえみ子の目にはうっすらと涙が浮かんだ。

北杜夫は『どくとるマンボウ回想記』でこう述べている。

「あまり重症で口もきけぬ時はかえって自殺はない。少し良くなって笑顔を見せ、家族もあんしんしたときがあぶない。そして医者も看護人も想像もつかない方法で完全に自殺をとげるという特徴があるものなのだ。」

「磁場」追悼号で大学時代の先輩、水田洋は「むしろぼくは、村上の死を、ひろい意味の病死と考えているので、直接にかれをそこへおいこんだ諸要因を、せんさくする必要をみとめない。」としている。

だがえみ子にはそんなふうに考えるゆとりはなかった。ずっと、その日その日を無事に過ごすことだけしか考えられずに暮らしてきた。自殺を怖れ、目を離さないよういつも気を配っていた。事故を怖れ、躁のときは刀を隠したりしていた。なのに、あんなにおだやかに見えたその日に刀で頸動脈を切ってしまった……。

一郎の死んだ部屋は、えみ子が借金をして最初に建て増しした六畳だった。昔は三畳の書斎に執着していた一郎も、本が増えるばかりでその三畳は書庫になった。六畳にも壁が見えないほど本棚が並び、本が積み上げられていた。隣の四畳半が書庫を兼ねた書斎だった。本に囲まれたその部屋を覗けば夫がいるように思えた。けれどその部屋に長く座っていることは出来なかった。一郎がいたはずのその場所に、夫が感じられないと思った刹那に、身をよじるような思いがあった。

暗くなることに堪えられず、夕方から家中の電気をつけた。

あのとき泣き顔を見せなかったら。あのとき、一人で置いてゆかなければ。あのとき、あのとき、あのとき……。忽然と自死された苦しみはいいようのない重さでのしかかり、うちひしがれたまま日々が過ぎた。毎日をなんとか無事にやり過ごすことだけ考えて生きていたが、ずっと案じ続けた相手はかき消えて、いない。

自責と悲しみに打ちひしがれたえみ子を献身的に支えたのは桶谷だった。一郎の躁の状態も鬱の状態も、そのときどきの危うさを、長く親交を重ねた桶谷は一番よく理解していた。必死に一郎を支えるえみ子の苦闘も一番よく知っていたし、深い同情を寄せ続けてもいた。だが恐れ続けていた自殺を防げず、無残な死を目の当たりにした衝撃に打ちのめされたえみ子に、かける言葉などなかった。

一郎の死から一カ月、桶谷はすずかけ小路の村上家に日参し、葬儀とその後始末、そして、「無名鬼」廃刊の事後処理に当たった。桶谷には、「無名鬼」の編集に途中から加わり、途中で辞めたことは、不徹底な身の処し方だったと忸怩たる思いがあったという。自分の仕事が忙しくなって「無名鬼」の編集から手を引いたのだが、病気の一郎との付き合いに疲れていたことは事実だった。見捨てたわけではないと思っても、もし自分が付いていればと思わずにはいられなかったという。

何事にも几帳面で、金銭の出入りもきちんと記録していた一郎のために、予約購読者に対する清算は綺麗にしなければと桶谷は思った。煩雑な残務処理すべてを黙って引き受けた。失意と悲しみのどん底にいるえみ子に、桶谷は言葉ではなく、献身を捧げたのだった。

予約購読は三カ月分の読者もいれば一年分の読者もいて、購読料は既刊の「無名鬼」制作のためにもう使ってしまっていた。返金するための現金などない。桶谷は一郎の追悼号をもって終刊にする「無名鬼」を、二カ月分の読者には二冊、三カ月分購読料を入れている読者には三冊送るという形で了解を取り、追悼号の編集を始めたのだった。

無宗教の葬儀が、彼らしくて良かったと何人からも言われ、それはえみ子のささやかな慰めではあった。幸い、小平霊園の一画を一郎は両親のために手に入れていた。えみ子は、墓石に「風」の字を刻みたいと考えた。躁のとき、一郎は風という字を書くと心が休まると言って筆をとり、何枚も何枚も「風」を書いていた。「風」だけの半紙が散らばっていると、「ああ、また上がっている」とやりきれない気持ちになったという。躁になることを「上がる」、鬱になることを「下がる」と言い慣わしていたのだった。

今となっては、それが夫の心を休めていたなら、お墓には「風」を刻んであげたい。思いついたものの、あんなに書いていたのに、みな反古にしてしまっていた。書斎を探したが見当たらない。

途方にくれたとき、「あったわ!」と電話がきた。真理子が父から貰った「風」を持っていたのだった。桶谷の尽力で小平霊園に建てた墓石には、その「風」一字が刻まれている。

ふと浮かぶのは吉本隆明が哀辞で述べた「死ねば死にきりである。」という言葉だった。一郎は死んでもう苦しむことはないと思えば慰められたが、夫が死んでしまって自分にはもう何もないとしか思えない日もあった。何をするのも無意味に思えた。「風」を刻んだことさえ空しくなり、自分もさっさと死んで「風」の下に眠りたかった。

何のために生きればいいのか。「そばにいてあげなければ、支えてあげなければ」という一心でなんとか生きて来たのに、その相手がいない。「これからどう生きればいいのか」という自問に答はなかった。

「あなたがどんな生き方をしても彼は喜びますよ」

そう言ってくれたのは誰だったか。

「少しずつ少しずつでしたけれど、どうであれ村上が喜んでくれるような生き方をして行きたい、そういう生き方をして行かなければと思うようになりました」

外に出たい、働きに出ようとえみ子は思った。家の中にじっとしているのは辛すぎた。「いつでも、なんでも」と言ってくれた石橋の温顔を思いだし、発作的に電話をかけた。外に出たい、働きたいと言っただけで「お近くで探させます」と石橋は答えた。

秘書室から、武蔵野市にある横河電機はどうですかと言ってきた。「お近くで探させます」と石橋が言ったからだろう。近すぎると思って言葉を濁すと、次にブリヂストン小平工場の生協に空きがあると言ってきて、そこに決まった。夫の死から五カ月、九月からえみ子は小平工場の生協で働き始めた。しかし、後になって考えれば、生協の仕事はただ出かけてゆき、帰って来るだけだった。半年ほどの仕事の記憶は何も残っていない。

一郎の一周忌が済むと、えみ子は自死に使われた刀、武蔵大掾忠廣を刀剣博物館に寄贈することを決めた。武蔵大掾忠廣は、桶谷が生前の一郎から、形見に譲り受けると約束していたという。しかしえみ子は、夫の命を奪った刀が桶谷の手に渡ることが不吉に思えた。桶谷に限らず、誰にせよ個人がその刀を持つと思うと、無性に怖かった。その気持ちを理解してくれた桶谷に付き添われ、えみ子は武蔵大掾忠廣を、渋谷区代々木の刀剣博物館に寄贈したのである。

現在、刀剣博物館には武蔵大掾忠廣は何振かあるが、どれが村上一郎のものか分からないという。年月が刀さえおぼろにしている。

十二、風に伝へむ

翌年三月、ブリヂストン美術館の事務にと連絡があり、新年度から勤めることになった。戦後、海軍経理学校の同期からは、何人もブリヂストンに入社し、すでにそれぞれ地位を得ていた。

「村上夫人を生協に置いておくことはないでしょう。ブリヂストンには美術館があるじゃありませんか」

その一人がそう進言してくれたと聞いたのは、美術館に勤めるようになって間もないある日のことだった。吉祥寺から東京までは乗り換えもない。名画の揃った美術館の静謐な空間は有難かった。石橋がふらりと美術館に顔を出したとき、えみ子は心から礼を述べた。

「それは、良かった。田中君が言ってくれて良かった。僕から奥さんを何処にとは言いにくいのですよ」

石橋はそう言って苦笑したという。学芸員と同じ待遇で途中入社したえみ子と会長の短い立ち話を上司たちが遠巻きにしていた。

生協勤めの間にも、ときどき作りかけのままの人形や道具を出してみたことはあったが、手を付ける気になれないでいた。美術館勤めになって、休憩時間には毎日でも名画を眺めて過ごせるようになると、また作りたくなった。美術館と中央通りを挟んだ筋向いに西勘本店がある。左官道具などの老舗で刃物の研ぎもやっている。人形の芯は木を削って作る。えみ子は、放っておいた彫刻刀を西勘に持ち込み、みな研いで貰った。美術館に展示されている絵画や彫刻を、創作のヒントにならないかと改めて見つめ直してみようと思った。

美術館に慣れてきた八月、職場に緊急の電話が入った。父が死んだ。七十前に心臓が悪くなり、注意もしていたはずだった。その日は母が出かけ、父は家にひとりでいて、発作が起きたのだった。母が帰宅したとき、すでに息がなかった。七十七歳だった。

父は昭和の初めの金融恐慌で親譲りの財産を失ったが、ゆったりとした優しい性格は、生涯、変わることはなかった。父を頼っていたことを、急逝されて初めてえみ子は痛感した。夫の死後、近所に一軒一軒挨拶してくれた父を思うと堪らなかった。若く、金と暇のあった時代に打ち込んだゴルフもテニスもスキーも達者で、スポーツ万能だった。ダンスも上手だったという。小学校五年で父に連れられ妙高高原へ初めてのスキーに行ったときのことを、駆けつけた弟と話しながら、えみ子はそっと涙を拭った。

父が亡くなると母の関心は、えみ子に集中した。毎日夕食を作って帰りを待ち、その日のことを聞きたがる。一郎の知友が訪ねてくれれば、客の素性を根掘り葉掘り聞こうとした。えみ子は帰宅して母の相手をすると思うだけで気が重かったという。

美術館の空気はえみ子をやさしく包んでくれたが、悲しみは癒えなかった。仕事中は気が紛れていても、ひとりになると物思いの淵に引き込まれた。通勤の電車の窓に映る自分があまりに暗い顔をしていて、悲しみはまた深くなる、そんな生活だった。時間が忘れさせてくれることなど、えみ子には考えられなかった。

手作業に没頭することですべて忘れようと人形に向き合ってみた。だが、悲しそうなポーズの人形を作っても、胸の奥の苦しさや悲哀を形象化できると思えず、彫刻刀を手にしたまままいつまでも座り込んでいることに気付くのだった。

短歌という言葉が浮かんでは消えた。夫があんなにも好きだった短歌だが、えみ子は作ったことがない。どう作るのかも分からない。カルチャーセンターにでも入り、一から勉強してみようかと調べると、馬場あき子の講座があった。問い合わせてみるともう満員だった。やはり短歌には縁がないのだという気がした。夫を通して高名な歌人たちと親しく付き合っていても、短歌を作りたいとは思わなかったではないか。

そんなとき、当の馬場から近況を案じる電話があった。馬場は一九七七年『桜花伝承』で現代短歌女流賞を受賞、歌人として地位を確立し、高校教師をやめていた。

植えざれば耕さざれば生まざれば見つくすのみの命もつなり
さくら花幾春かけて老いゆかん身に水流の音ひびくなり
馬場あき子『桜花伝承』

えみ子は会話の流れから短歌の教室が満員だったことを告げた。打てば響くように馬場は言った。

「えみ子さん、私のところで短歌をやりましょうよ。ぜひ、あなたの胸の中を表現なさってみてよ」

思いがけない言葉に絶句するえみ子に、馬場は畳みかけた。

「いま新しい歌会を作っているの。五月には〈かりん〉という名前の会誌を出します。初めての人が多いし、気楽に勉強できますよ。えみ子さんには、歌いたいことがいっぱいあるはずよ、ね、歌をやりましょうよ。村上さんはあんなに短歌がお好きだったじゃないの」

気付くと、「やってみます」と答えていた。馬場の勢いに巻き込まれたようなものだった。一郎の生前には近寄ろうと思わなかった短歌が、目の前に現れた瞬間だった。えみ子は初めて五七五七七の形に整えたものを十首ほど、馬場に送ってみた。電話がかかってきた。

「あなたはまだ裃を着て歌を作ってますね。私はね、日本橋を裸で歩くくらいの覚悟で歌を作ってるわよ」

馬場の気迫がえみ子の心を打った。本気で歌に向かってみようと思ったのはそれからだった。馬場からは「あなたの歌には色彩がない」とも言われたという。「抒情的に過ぎる」とも言われた。気づくとえみ子は短歌に夢中になっていた。

ペンネームを結婚前の姓、長谷《ながたに》を音読みに〈長谷《はせ》えみ子〉としたのは馬場の提案だった。村上一郎の妻という肩書ではなく、生家からも一歩離れて独立した名前である。えみ子は喜んでこの提案に乗った。活字になったのは「かりん」二号からだったと記憶している。いきなり〈かりん集〉という特選に当るページに出されて驚いた。

「あれは、馬場さんのエールだったのでしょう。初めての人が多いから気楽というのは嘘で、やる気のある人たちの集まりでしたよ。そのころは、大久保の俳句文学館で毎月の歌会がありましたの。それはそれは熱気があって、その中にいるだけで勉強しなくてはと思いましたよ」

『磁場』の追悼号に馬場の書いた文章がある。『式子内親王』を一郎の勧めで書くことになった折りのことである。

「これも次第にわかったことだが、村上氏にとって最も大きな式子幻像は栄美子夫人なのである。『ぼくの式子ですよお』という、うれしそうな、得意げな詠歎をくりかえす村上氏に私はしばしば出合った。（中略）氏が式子内親王にあれだけ傾倒していたのは、おそらく夫人のイメージとしてある、芯のつよい内燃的な、それでいて醒めた感じの女性像に対する、絶対の信頼によるものではないかと思われてならない。」

当時のえみ子は、夫と付き合いのある歌人たちを一定の距離を置いて眺めていたし、短歌そのものにも距離を置いていた。一郎の躁鬱が進むと、短歌が夫を駆り立てるのではと案じずにいられず、短歌を作らせまいとさえしたのだった。

「馬場さんは、ご自分が『式子内親王』を書かれてますから……。村上が僕の式子って言ったなんて、ほんとかしらって思いますのよ。村上はわたくしにそんなこと言ったことありません。追悼号の文章は、わたくしを慰めるために書いてくださったのではないかしら」

いまも懐疑的にえみ子は言うが、一九八五年（昭和六〇年）、馬場が強く勧め出版されたえみ子の歌集『風に伝へむ』の解説「優にやさしく強い人」にも、馬場は書いている。上京した山中智恵子も一緒に駒場の民芸館を見て、西荻の〈こけし〉で食事をしたときの印象である。

「私はその頃、紀伊國屋新書の一冊として『式子内親王』の執筆を村上氏から依頼されており、打合のため何度かお会いしていたが、栄美子さんのことを冗談のように『僕の式子』と呼んでいたのが印象的で、私は、いまなお若き日の憧れがつづいているのだと素直に感動した。初対面の夫人はその期待を裏切らず、華やかな雰囲気をよく知的に静めて、少しさびしげな古雅な横顔をうつむけがちにして居られた。」

えみ子は寝ても覚めても短歌というほどにのめり込んだ。底なしの井戸のように溜まってゆくばかりだった悲しみが、短歌という手桶で汲みだされるようになったのである。かなしみは汲んでも汲んでも尽きはしない。それでも、溜まるばかりよりも、汲みだしてゆけば心に動きが出るのだった。

葬り日の哀しみいくた重ねきて遠ざかりゆくきみなる異形
回心の錐もみしとふ夫のこと夜半にめざめて想ひゐたりき
思ひきり生きてみよとぞ聴く哀し春の墓辺のきみは風にて
冴返る日ぞ身を緊めよ不器用に生きしひとりの死の憶ひ出に

長谷えみ子『風に伝へむ』

大久保の毎月の歌会だけではなく、武蔵野市の同人の勉強会にも出席し、親しい友人も出来た。

えみ子は短歌の話題だけが楽しみだった。
そのころ刊行が始まった『村上一郎著作集』のために、たびたび来宅した国文社の編集者に、のちに「あの頃はいつお会いしても短歌の話ばかりでしたね」と言われたという。『村上一郎著作集』は全十二巻中八巻まで出たまま、一九九六年(平成八年)以来、刊行が停まっている。

春の野につくし摘みしもいつの日かきみも戦後も葬りてきし
残生の如しときみがふと告げし冬枯れの池蓮も折れゐつ

歌に夢中になって始めて、一郎に歌をやめさせようとした自分は、なんと思いあがっていたのかと思うようになったという。愛情や心配という枷で、心の動きを封じようとしたなんて。もっと歌を作らせてあげれば、それがあのひとの躁の捌け口になったかもしれないのに。そんな罪悪感もまた長谷えみ子の歌になったのである。

罪深き日々なりしかも春の花みな集めきて風に伝へむ

「かりん」に入って一年ほど過ぎてから、すずかけ小路の家の郵便受けに手紙が投げ込まれるようになった。いつも「村上一郎先生御奥様」宛で、住所も書いてあるのに郵便で配達されるのではなく、投げ入れられていた。最初は「村上先生の御命日も過ぎました。小生はいつも心からご冥福をお祈りしております」というような文言から始まり「ご遺族の御心やすらかにとお祈りしております」という結びで、一郎のファンのひとりだろうとしか思わなかった。それまでにも黙って「風」の墓前に花を供えてくれる人がいたり、線香を送ってくれたファンもいたのである。

差出人の名前も書かれておらず、住所は小平市だった。月に一度が二度になり、毎週になった。だんだんえみ子に関わる文言が増えた。「御顔色が優れず、心配しております」などとあると、どこで見ているのかとぞっとした。戸締りを厳重にし、出入りに外を伺って暮らすようになった。「村上先生の御著書を拝読することが小生の生きがいです」ともある。夫のファンであることは事実らしいので警察に通報するのはためらった。

考えあぐね、「かりん」の武蔵野市周辺の同人の勉強会で知り合い、親しくなった友人、五味悦子に打ち明けてみた。

「そんなの、エスカレートしたら危ないわ。警察に相談するべきよ」

えみ子より八歳若い悦子はきっぱり言った。一郎のファンを警察沙汰にするのもと迷う気持ちを話すと、悦子は「いい人がいるじゃない！」と手を打った。勉強会の仲間の桂畳は短歌仲間には珍しいエンジニアで、まだ三十代半ばだったろう。口数の少ない物静かな桂は、山男で、背は低いががっしりしている。誰からも信頼されていた。

「私が桂さんに頼んであげるわ」

悦子は請け合い、投げ込まれた手紙を預かって行った。

「僕が本人に会ってみますと言ってくれたから、もう大丈夫よ」

悦子から電話があり、実際、それきりぴたりと手紙は入れられなくなった。ほっとして、勉強会で会ったとき礼を言うと、桂は困ったように「いや、なにも、僕は」と手を横に振った。

「やっぱり桂さんは頼りになるわね」

自分のことのように自慢げに言った悦子は、いまもえみ子の親友で、折々に長電話を楽しむ。息子夫婦が医者で、えみ子が大火傷を負ったあと、湿布薬など細やかな心遣いをしてくれる。

現在はりとむの会員になっている桂に当時の話を聞くと、彼はやはり困ったように「いや、実は」と言って、頭をかいた。

小平市に住んでいる桂は、その住所のあたりをよく知っていて、難なくアパートを探し当て、表札を確かめたが男は留守だった。大家に聞くと、三十前後のひとり者だという。桂は夜中までアパートの前で待ったが男は帰って来なかった。また行くつもりでいたが仕事が忙しくなり行かれないでいるうちに、手紙が止まったことを聞いたのだという。

「僕は本当に何もしていないのです。お手柄のように言われて恥ずかしくてね」

鬢の真っ白になった桂は照れていた。手紙の差出人は、自分を調べに来た男の存在を知ってえみ子につき纏うことをやめたのだろう。

横たはる裸婦はきびしく背《せな》を向け午後の画廊に冬鎮まれり
赤鼻のピエロの片眼どこまでもわれを追ひきて昏るる三月

美術館で優れた絵画を見つめていれば、逆に絵画から見つめられてしまうように思う感受性を、えみ子は短歌に託すようになった。短歌は自分のすべてを反映してしまうようで、空恐ろしくなったこともあったという。常に夫の死から離れない心を歌うことは苦しくもあった。だが、毎月の詠草を仕上げて送るときの充実感は、えみ子を歌から離れられない人間にしていたのである。

桂も当時のえみ子をよく覚えている。

「武蔵野支部の研究会に必ず出ていたし、それは熱心でしたよ。あの頃は五十を越えていたんでしょうが、しかし、まあ世間知らずというか、奥さんというよりお嬢さんのようなひとでね。二次会でみんなを居酒屋に連れてったら、長谷さんはびっくりしてたなあ。まぐろ納豆だかなんだか、普通のありふれたつまみを、こういうものは初めてです、美味しいですねって本気で言われて、照れましたよ」

歌集『風に伝へむ』あとがきにえみ子は述べている。

「歌の世界を識ることによって、あまりひとの思惑なぞ気にせずに自らの意志のもとに、自由な生き方をするようになったが、或る時、馬場氏は、

迷いなき生なぞはなしわがまなこおとろうる日の声凛とせよ

と短冊に書いて下さった。慧眼の氏は私のこころを見通して下さっていたのであろう。胸の中が熱くなるような想いであった。今後、あらゆる意味でこの歌を私の指針として生きたいと思う。」

『風に伝へむ』が上梓される三年前、えみ子は再婚した。一郎の死から七年後、えみ子が五十八歳のことであった。

一郎の死から立ち直れないでいたえみ子を振り向かせたのは、小久保隆一だった。遠い昔、少女のえみ子が成長したら妻にと望み、一郎の葬儀のとき、立っていられなくなったえみ子を、親族席から飛び出して抱きとめ、支えてくれた、大きいお兄ちゃまの隆一である。

復員後、えみ子との結婚を断念した隆一は、職場で出会った女性と結婚し、四人の子供がいた。

隆一が、公立短大の教授から学長になるために内助を尽したという妻は癌で入院していた。隆一は短大学長を停年で退職し、小さな私立大学の教授になっていた。

えみ子の歌集『風に伝へむ』のなかにこの一首がある。


重篤の妻ありてきみの馳せし道ゆきゆきて冬の海に到りぬ

妻を亡くすと、隆一は一日も早く再婚したがった。六十代半ばになった男は、初恋でもあった最後の恋に燃え上がったのだろう。毎日のようにブリヂストン美術館の裏口に通って、仕事を終えるえみ子を待った。

えみ子は桶谷秀昭に相談したが、それは背を押してもらうためだった。

「母は、わたくしが再婚するなら桶谷さんかと思ってたと言ったんですよ。母には村上と桶谷さんの深い絆なんて分かりませんから。本当に、再婚するまで、桶谷さんがずっと支えてくださったの」

桶谷は一郎の葬儀を取り仕切っただけではなく、死後半年ほどは、「無名鬼」の追悼号やその後のさまざまな事務処理のため、大学で教える傍ら、週の半分以上もすずかけ小路の家に通ってくれた。その後も村上一郎著作集編纂のため、たびたび訪れていて、五味悦子のような同性の親友以外では、えみ子が心を許し、なんでも相談できるたったひとりの相手だった。桶谷と鎌倉を半日歩き回わり、話し込んで、えみ子の心は決まった。

「わたくしが幸せになることを、村上も喜んでくれると思いました」

一度決心すると、老母の反対は押し切った。真理子は賛成してくれた。父の病気のため母がどんなに苦労したか、一番よく知っていた。真理子の夫の勲もえみ子を励ました。

「僕たちがおばあちゃんを見ます。お母さんももう幸せになってください」

深大寺から真理子一家が引っ越してこられるように、すずかけ小路の家をまた改装した。

一九八二年、えみ子はブリヂストン美術館を退職し、九月に再婚した。ささやかな披露宴が行われた。六十五歳と五十八歳の結婚であった。

「村上との暮らしはいつもいつも気を張り詰めていました。気の休まるときなんてない生活でした。それがずっと続いていましたでしょ。小久保はおだやかな人で、わたくしは再婚して初めて、心から安らぐってこういうことかと思ったの。安心感の中で暮らせる、心身安らかにいられる有難さをどんなに感じたかわかりません」

いまも頬を染めてはにかみながら、えみ子は言うのである。

「馬場さんに、この頃、歌が低調ね、ほんとにお幸せなのねって言われたことがありますの。人生の苦しさや寂しさ、やりきれなさを味わったもの同士でしょう、若い頃のただ好きという気持ちとはまったく違う切実さや……深いものがありました」

だからだろう。再婚後のえみ子の写真からは、一郎に寄り添い必死に支えていたころの硬さが消え、どれも艶やかに微笑んでいる。隆一はいつも優しく、いっときも妻を離さず共にいようとした。

「隣に知らない人が座るのは嫌いなんだ。いつもえみ子が隣に座っておくれ」

そう言って、出張の時は必ず妻を伴った。えみ子は隆一がすべての職を退くまでに日本中を共に旅行したと言っても過言ではない。飛行機嫌いの隆一は、九州行きの時などは途中一泊してまで愛妻と列車の旅をした。えみ子はむしろ愛され過ぎて束縛を感じたほどだった。人形や短歌を続けることに反対こそしなかったが「あなたは趣味が多いね」とやんわり言われたと言う。えみ子が人形の仲間と初めて海外旅行に旅立とうとしていた矢先、隆一が椎間板ヘルニアで動けなくなり、旅行を取りやめた。「やらずの病って、笑いましたね」とえみ子は振り返る。

えみ子は『風に伝へむ』を上梓してから数年後、「かりん」を退会した。

馬場あき子の誘いで短歌を始め、短歌にうちこみ、馬場の強い勧めで歌集『風に伝へむ』を編んだえみ子だったが、その歌集の祝賀会が、やがて「かりん」を離れる遠因になった。

色褪せた朝日新聞のコラム「短歌時評」の切り抜きがある。題は「出版記念会」、筆者は秦恒平である。

「とり立てていい歌で満ちているわけでないのに、しみじみいい歌集に出会うことが、必ずしもまれでない。このほど東京・中野で、はではでしい出版記念会を済ませた長谷えみ子の『風に伝へむ』がそうだった(中略)

思ひきり生きてみよとぞ聴く哀し春の墓辺のきみは風にて
短か夜を風のなごりに訪ひ来しか翅息《やす》らへよ灯心蜻蛉《とうすみとんぼ》　長谷えみ子

夫に死なれ、つよく生き、五十過ぎて再婚した稀れにみる佳人の、水を打ったような孤心に一冊の歌集が清《す》み切っている。そこにこの歌人が孤《ひと》り見出した身の幸もある。歌壇の俗になずんだ盛大で空疎な出版記念会がこれほど似合わない歌集もなく、発起人の一人に名を連ねた思いは思いとして、例によって遅参の福島泰樹が蛮声の道化を演じはじめては、もう席におれなかった。

来客やお仲間衆の祝辞ともつかぬ批評を(私のもふくめて)延々と聞いたが、すべて歌集にも歌人にもしかと届かず、うつろにはね返されていた。ひとり、巻末近い『風のなごり』の歌に心和みましたと表情をやわらげた人がいて、それは一時傷心の長谷が勤めた職場の一上司だった。歌壇を横行する出版記念会なるもの、真実の歌ごころを寄ってたかってむしばむ虚飾の怪物と、とうに変異してはいないのか。誰が得をするのか。（後略）」

　この記念会は、えみ子の気持には関係なく開かれたものだった。「かりん」の歌壇へのアピールに村上一郎未亡人の名が使われたのだろうか。一郎と親しかった高名な評論家、歌人がずらりと招かれた。コラムの筆者、秦恒平も一郎の友人だった。もう小久保隆一と再婚し、ささやかな幸せを大切に暮らしていたえみ子は、その派手さに驚いた。

「だって馬場さんは石橋さんまでお招きしたのよ。皆さん、ブリヂストンの石橋さんです、盛大に拍手でお迎えしましょうなんて言われて、わたくしは身が縮んだわ。石橋さんはにこやかにちょっとだけ挨拶されてすぐ退席されたけど……。短歌に誘って下さって、本当に感謝してますし、馬場さんはそれはさっぱりした良い方だけど……」

　当時、中野サンプラザでは、毎月のように「かりん」のメンバーの派手な出版記念会が開かれていたのだった。手紙事件で動いてくれた桂塁は、創刊のころ、地区センターに置いてあった「かりん」を読み、その火を噴くような熱気に惹かれて入会した。しかし、派手なパーティを好まぬ桂は、この出版記念会にも参加しなかったという。

　最初は同志が集まり仲間意識で始めても、結社は大きくなるにつれ、主宰を頂点とした集団になってゆきやすい。主宰を師と仰ぎ、付いてゆくだけで満足する会員が多くなる。主宰は仰がれて当然となり、その意を忖度して動くことが良しとされてゆく。馬場自身はこだわりなくえみ子を旧友として遇しても、それを面白からぬ目で見る会員も増える。

「かりん」は同人が増え、馬場の弟子というより、友人のような立場のえみ子はどことなく落ち着けなくなっていた。

「やめどきだと思ったのです。馬場さんに長い手紙を書きました。馬場さんからお返事はなかったですよ。わたくしが言い出したら聞かないとわかっていたでしょうし」

馬場の高校教師時代の同僚三枝昂之は、大学闘争時代の早稲田短歌会で鳴らし、伝説の同人誌「反措定」で活躍した若手の歌人だった。

早稲田車庫越えて時々プラトンのようなひとりに会いにゆきしも　三枝昂之『水の覇権』
ひとり識《し》る春のさきぶれ鋼《はがね》よりあかるくさむく降る杉の雨

三枝は「かりん」の創刊に参加し編集を手伝っていたが、退会し、歌人である妻の今野寿美、弟の三枝浩樹と三人で新しい歌会を作ろうとしていた。えみ子は歌集『風に伝へむ』を編むとき、若き理論家で鳴らしながらも優しい人柄の三枝に助力を頼み、三枝は快く手伝ってくれた。

今野寿美は馬場の弟子で、歌集『世紀末の桃』で師と同じ現代短歌女流賞を師より年若く受賞している。短歌の申し子のような歌人である。

もろともに秋の滑車に汲みあぐるよきことばよき昔の月夜《つくよ》　今野寿美『星刈り』

ゆふぐれの鶴はをみなにて胸さむし胸さむければひと恋ふならむ　『世紀末の桃』

えみ子は二人の結婚式にも出席している。

一九九二年、三枝たちの歌誌「りとむ」が創刊されたとき、えみ子は参加を決めた。桂塁も参加したひとりである。三枝たちが退会したころ、やはり、「かりん」を去っていた。出入りがあり、年月とともに変化してゆくのが結社なのかもしれない。

三枝昻之を発行人、今野寿美を編集人とする「りとむ」は、二〇一七年七月に二十五周年を迎える。

老親の再婚は、財産があるほどに軋轢を生む。えみ子は子供たちとの摩擦に耐え兼ね離婚届を書いたことがある。隆一は「僕を捨てるつもりですか」と離婚届を取り上げた。では、なぜそれをすぐ破棄しなかったのだろう。隆一はなんでも丁寧に取っておく質だったというが。

度重なる軋轢から逃れて夫婦で家を離れ、熱海の温泉マンションで暮らし始めてほっとした。

隆一は大腸がんを患って人工肛門になっていたので、自宅で温泉に入れるその温泉マンションを喜び、老夫婦は穏やかな日常を楽しんでいた。夫婦でMOA美術館や箱根に行き、散策や外食を楽しんだ。律の会で私が最初にえみ子と会ったのはその頃だった。

そんな日々に真理子から「おばあちゃまがちょっとおかしい」と相談があった。いつも身綺麗だった母が、部屋を散らかしたままにしたり、何日も同じ衣服を身に着けていたりするという。真理子に負担を強いぬよう、老母のために温泉マンションのなかのもう一室を借りた。最初は温泉のある暮らしを喜んでいた母の老いは急速に進む。ものを隠したり妄想が増えて、えみ子は困り果てた。病後の隆一も抱え、一人では介護できなくなり、伊豆多賀の特養に母を預けた。

二〇〇〇年、隆一の通院のため二人で帰った本宅で、子供たちと衝突がおきた。えみ子への暴言を阻止できない隆一が情けなく、えみ子はいたたまれずにひとり熱海に戻った。そのまま戻って来ない隆一を案じていたとき、えみ子は、熱海のマンションに届いた書留で離婚届が提出され受理されたことを知った。隆一の存命中はマンションに居住を許可するという。

八十三歳の病身の夫が、自分から離婚を望むはずもない。しかし、ヘルニア、大腸がん、肝臓がんと、患うほどに隆一は気が弱り、子供たちに逆らえなくなっていた。離婚後のえみ子の姓は小久保とされていた。えみ子を村上に戻さなかったのは、隆一のせめてもの未練だったのだろう。

会いたいと何度も電話があり、隆一の次女に立ち会ってもらい、一度だけ、小田原で隆一と会った。「許しておくれ」と繰り返し、隆一は涙を流したという。弱々しい老人になっている隆一と別れてバスに乗ると、涙のあふれたえみ子の背を、次女がずっとさすり続けてくれた。

「おたがいに嫌いで別れたわけではありませんから、それはもう……」

裁判で慰謝料を請求するべきだと周囲から強く勧められたが、そのとき七十六歳のえみ子には、金銭のために争うことは自分を貶めるようで、ただ厭わしかった。

「こんなに長生きするとは思っていませんでしたから。あとになって考えれば、離婚のとき嫌な思いをしても裁判を起こして、貰えるものは貰っておくべきでした。歳をとるって、お金のかかることなのですよ」

えみ子は母に離婚を告げぬまま、翌年、九十七歳の最期まで看取った。

晩年の母を看取りて得しこころ受けとめて尚受け入れること

毎日のように見舞って顔なじみになっていた職員から、特養と併設のケアハウスが一室空いたという情報をもらったとき、えみ子は決断し、熱海のマンションを出て、伊豆多賀のケアハウスに入居した。自分が衰えたとき、真理子に苦労をかけたくないといつも思っていたのである。このケアハウスは、何より一カ月の費用が安かった。母の僅かな遺産を入居金に当てた。

十年ほど前、煩瑣な手続きを取って、昔、東監で海軍の理事生をしていた頃や中教出版に勤めていた二年間などの年金を回復してもらった。まとまった一時金が出たうえ、年金も貰えるようになった。ごく僅かなものとはいえ、助かっている。

「年金回復が出来るようになったのは、舛添さんが厚生大臣だったときでした。都知事をやめたときはなんだか悪い評判ばかりでしたけど、良いこともしたのですよ」

やがて、次女から隆一死去の知らせが届いたとき、死に目に会えなかったえみ子は、匿名で白百合の花籠を贈ったが、葬儀には行かなかった。

真理子と小久保の次女が、遠くからいまのえみ子を支えている。

二〇〇四年、桶谷が発起人となり、一郎の三十回忌の集いが如水会館で行われた。一橋時代の水田洋ら知友や編集者たち、谷川健一や金子兜太、馬場あき子、佐伯裕子、九州から参加した岡田哲也など、親しかった人々と、八十歳のえみ子は和やかなひとときを過ごした。久しぶりの公的な席で、離婚の翳などみせず、微笑むえみ子の写真が残る。

「ほんとうに、いろいろなことがありました。長く生きてきましたが、そのうち何年看病していたか……看病するために生まれてきたのかしらと思ったこともあるくらい」

一郎との二十八年間のうち十年は躁鬱に悩まされた。その前にも何回病気をしたことだろう。

再婚した隆一は共に暮らした十八年の間に、三回の大病をしている。その後、老いた母の晩年の介護をし、看取った。

「病人を抱えているときは、自分のためだけに時間を使えたらと思いましたよ。でも、不思議なもので、自分のためだけに生きるのは、案外難しいものですね。誰かのためにと思うとき、人間は強くなれますから」

二〇一三年八月、えみ子は沸騰したばかりの熱湯が入ったティファールのポットを持ったまま自室で転び、重症の火傷を負って、熱海の病院に一カ月入院した。

「かちかち山みたいな背中の火傷でしょう、手当てするのに身体を屈めるので、すっかり背が丸くなってしまったのよ。いやあねえ、お婆さんになって。それはもう九十を過ぎたのですもの、とっくにお婆さんなんですけど」

外に見える部分はもうすっかり治って跡もない。だが背中のケロイドは痛みと引き攣れが残り、かゆみもある。「かりん」時代からの親友、五味悦子が心配し、医師の息子夫婦を通して湿布薬をたくさん送ってくれた。強い鎮痛剤を飲み続けているため、胃薬も欠かせない。火傷以来、処方されている薬の種類と量に私は驚き、心配していた。最近、やっと多少痛みがやわらぎ、強い鎮痛剤が優しいものになり、薬が減った。強い鎮痛剤は副作用で体がふらつくため、ふらつき防止の薬まであったのだ。それでもえみ子は何度か転倒し、はらはらしていた。いまはケアハウスのなかでも転倒防止のため、杖ではなく歩行器を使用している。火傷跡の手当とリハビリが生活に加わって、大好きな本を読む時間がなかなか取れなくなった。

それでも、リハビリの施設に通うのは楽しみにしている。ケアハウスという限られた空間、狭い人間関係の中にいる息苦しさが忘れられるし、新しく知り合い、仲良くなった仲間もいる。リハビリに通うようになって、誰とでもすぐ打ち解けられるようになったという。若い理学療法士とお喋りする楽しみもある。

えみ子は最初に私がケアハウスを訪ねた頃より、むしろ、ずっと明るい。

「リハビリのメニューをこなすと少しレベルが上がるでしょ。それが楽しみなの。やりすぎて疲れてしまうこともあるんですけどね」

熱海に住んでいた頃は、人形の勉強に東京まで出るのが楽しみだったが、伊豆多賀のケアハウスに入ってからは東京が遠くなっていった。えみ子は世話になった友人たちに、人形を形見分けするつもりでいた。とはいえ、伝統工芸展に出品した人形はデパートなら二十万、三十万の値がついていた。「りとむ」の加納亜津代が、人形をデパートで付いた値の半分以下で希望者に頒けることを思いついた。その代金を活用してとえみ子を説得したのである。人形たちは「りとむ」の仲間に「長谷さんのお人形なら」と喜んで迎えられ、次々に嫁入りしていった。

「本当に助かりました。歳をとるほどお金の有難さがわかります。真理子や藤沢の娘（小久保の次女）が気を遣ってくれますけど、できるだけ自分でと思いますものね」

ケアハウスからリハビリに通うための支出も馬鹿にならない。乏しい収入と減ってゆく貯金を、いかにやり繰りするか頭を絞るのも呆け防止と笑う。

「りとむのおかげで若いお友達に恵まれて、本当に感謝しています。昔のお友達はほとんど亡くなってしまいましたけれど」

これからどれだけ生きられるか分からない。だが丸まってしまった背が少しでも伸びるよう、リハビリ施設で教えられた体操を毎日欠かさない。まだ読みたい本も読み返したい本もある。

「『虚栄の市』ってサッカレーでしたよね。若い頃感動したのに、中身を忘れてしまったわ。『車輪の下』は少年の話でしたっけ。みんな忘れてしまいました。また読んでみたいわ」

本も読みたいが、この数年、すっかり嵌ってしまったのが数独で、やはり数独好きの真理子が次々に送ってくれる。レベル7まで行った。つい時間を忘れてやってしまうので、一日ひとこま、それ以上はしないと決めたという。毎日が忙しく過ぎてゆく。

「小久保が老いて不甲斐なかったのは悲しいですけれど、恨んではいませんのよ。村上の死から立ち直れなかったわたくしを救ってくれたのは小久保ですから。本当に愛してくれて、安らかな幸せを味わわせてくれたんですから。再婚して良かったと思いますよ」

そして、えみ子は村上一郎の妻であった年月が、今に至るまで自分を支えていることを、年を重ねるほどに実感するという。

「わたくしは村上の欲得のない生き方が好きだったんです。あのひとの生き方を通させてあげたかっただけなのですよ」

そのためどれだけ苦労しただろう。だが、出来る限り尽くしぬいたことで、いまの自分がいるという。隆一のためにも、出来るだけのことはしたので後悔はなにもないという。

二人の男性に愛され、愛したことが、齢を重ねてなおたおやかな艶をたたえた女人を作っていた。どんなときも能う限り努力してきたことが、九十で大火傷を負う奇禍にも負けない、明るく前向きなえみ子を作っていた。

今年（二〇一六年）九月に、えみ子と亜津代と私と三人で、以前、公共の宿だった熱海のホテルで一泊した。楽しい一夜が明け、海を見渡せるロビーで「袋回し」という遊びをした。つまりは題詠で、ある言葉を入れた一首を五分で作り、短冊に書いて封筒に入れ、回してゆく。五分で作るのだし、名歌を作るのが目的ではない。言葉を使う頭の体操であり、遊びである。

一首目の題は「鍵」、二首目は「雲」、三首目の題は「ふわりふわり」だが、えみ子は旧仮名を使うので「ふはりふはり」。長年の修練のもと、五分で作ったからこそ、九十二歳の心境が素直に吐露されたえみ子の三首である。

万一のときを怖るる気遣ひに個室の鍵はかけずに眠る
この秋は楽しき雲の象《かたち》なくモネの夕空なつかしみをり
山間にふはりふはりと湧き出づる霧に吸はれてゆきたきものを

エピローグ

九月、熱海のホテルで、私はえみ子から、長く村上一郎を研究し、二〇〇五年「諸君！」に「三島由紀夫と村上一郎、二つの自決の間で」を書いた佐伯修が入手し、送ってくれたという資料を手渡された。帰宅して開くと、えみ子への佐伯の懇切な手紙も添えられていた。

「村上先生は、これを、小説『広瀬海軍中佐』の作中で用ゐる為、そのまゝ入稿し、印刷所から返却されたものと思はれます。／非常に貴重かつ興味深い資料ですが、やはり、これは奥様がお持ちになつてをられるべき物と考へ、お送りします。」

それは、すっかり黄ばんだ一郎の自筆の手紙であった。ある古本市で雑誌の記事草稿やゲラに混じっていたものだという。三十六×三十六の細かい原稿用紙にぎっしり四枚だから、四百字詰めの原稿用紙なら十三枚近い。封筒に入れるための折り目が残っていた。

「栄美子――私が勝手にお前をかう呼ぶ様にした頃から九ヶ月ほどたつた」と始まる、結婚の約一年前の切々と愛を告げる手紙である。原稿は、「栄美子」をすべて朱で「式子」に変え、句読点の替わりに一字空けるよう、朱で□を入れている。また、びっしり書きこんでいるうちの何か所か、行替えを朱で指示している。それ以外は、えみ子へのラブレターを、そのまま「広瀬海軍中佐」に使ったのだった。一郎とえみ子は交換日記を書き、その上、膨大な手紙のやり取りをしていた。「広瀬海軍中佐」の実に三分の一以上が栄美子――式子へのこの長い長い手紙なのである。自分のすべてをさらけだし、理解を求める必死な愛の訴えが巧みなことなど、あるはずもない。三島由紀夫は「広瀬海軍中佐」の小説技巧を拙劣と断定した。

「しかしこれほどの拙劣さは、現代に於て何事かを意味してをり、人は少くともまごころがなければ、これほど下手に小説を書くことはできない。下手であることが一種の馥郁《ふくいく》たる香りを放つやうな小説に、實は私は久しぶりに出會つたのであつた。そこにこめられた感情が、表現のもどかしさに身悶えし、紺絣の着物と小倉の袴の素朴さを丸出しにし、すべての技巧を安つぽく見せ、自他に對する怒りがインクの飛沫をあちこちへ散らし、本當は命がけでなくては言へないことを、小説と抒情詩をごつちやにした形で言はうとしてゐる、その奇矯なわがままが美しいといふほかない小説。」

さすがというしかない。

「広瀬海軍中佐」は一九六八年に書かれ、その年、馬場あき子は一郎からの「ある日突如として激情的な煽動」によって名著『式子内親王』を書いた。

「村上氏にとって最も大きな式子幻像は栄美子夫人なのである。『僕の式子ですよお』という、うれしそうな、得意げな詠歎をくりかえす村上氏に私はしばしば出合った」という馬場あき子の追悼文が改めて思われる。

それは、原稿にするため朱を入れた手紙——すっかり黄ばんでいても、そこから激しい訴えの聞こえるような手紙であった。えみ子は「恋ビトトヒトリギメ」され、「常にお前をたより又讃へてゐた」と渇仰されていた。

「あの手紙は、栄美子、栄美子って、呼び捨てで書いているでしょ……。お前、とか。結婚するまで呼び捨てにされたことはないのに、手紙で突然、呼び捨てになって、お前になって。まるで、もう、そういう仲みたいで、わたくしは嫌だったのですけど」

電話で、えみ子は少し当惑したような、若やいだ声で語った。そのあと、気を取り直したように、しゃんとした声になった。佐伯の厚意は本当に有難いが、返そうと思っていること。そのためにコピーを取ってほしい、と。

「わたくしが持っているより、研究者の佐伯さんに資料にして頂いた方がいいと思いますの。なにしろ、こちらは持っているものを片付けるだけで忙しい、終活中の身ですから」

えみ子がその人生をすべて話してくれたのには、何より「村上一郎を思い出してくれる人がひとりでもいたら」という思いがあったのだと私は改めて感じた。

そして、えみ子は夫急逝後の空白の中にいた私に、書くという目的を与えてくれた。

一郎の手紙は、こう結ばれている。

「私は又少し理屈つぽいことを云つた　私をしてお前に何でもかんでも云つておきたい気持がお前に判ってくれることを望む　では元気で力強く生きてゐておくれ
二一・二・二五　」

あとがき

昨年十二月二十九日、私は新しい熱海駅ビルで長谷えみ子さんに会った。食事をしてからロビーの椅子に座り、確認して頂いた本書のゲラについてゆっくり話し合った。何より嬉しかったのは、えみ子さんがとてもお元気だったことだ。夏に心配した哀えの影もなく、眼は輝き、声にも若々しい艶と張りがある。本稿の出版が刺激になり若返られているのがよく分かった。それだけでも、上梓を決断して良かったと思う。

その折、七十二年前に東京海軍監督官事務所から、村上一郎とえみ子さんが共に長く歩いたルートを改めて確認しようと思い、私は地図を持ってきていた。「飯田橋まで歩いた」と聞き、私は最初、「飯田橋」を飯田橋の神楽坂口と思い込んで書いていたが、えみ子さんから間違いを指摘されていたのである。東京は、七十二年前と大きく変わっているが、主要な道筋はそれほどでもないだろう。地図の上を指で辿りながら、えみ子さんの口からふとこぼれた言葉があった。

「岩波文庫ですって言ったのですよ。どんな本が好きか聞かれて」

駅ビルの三階が暑かったからだろうか。えみ子さんの顔は心なしか上気していた。

「岩波文庫は僕も好きだって……。それで打ち解けたというか、気が楽になって、わたくし、ソーニャの話までしてしまったの」

このエピソードは第一章に書き足したので、すでに本編を読んでくださった方は、思い当たられることだろう。

何度もお話を伺いに通ったが、このように、私はえみ子さんの記憶力にいつも驚嘆していた。海の底の岩陰に隠れていた魚がふいに現れるように、何かのきっかけで何十年も前のある瞬間が鮮やかによみがえるのであった。

お正月をすずかけ小路の家で、ひとり娘の真理子さんと過ごすえみ子さんを東京駅まで送った。このお供も二年目だが、年の瀬の東京駅、銀の鈴周辺の凄まじい喧騒に、いつものように驚いているところへ、お迎えの真理子さんがみえた。

「良いお年を」と言い合って別れ、ソーニャ・コヴァレフスカヤの本を手に入れて読まなければと思いながら私は横浜の自宅に戻った。えみ子さんから「りとむ」のエッセイに、思春期に大きな影響を受けた本について書きたいと相談を受けたのは二〇一三年だった。

「ソーニャだったかソニアだったか。コヴァレフスキーかコヴァレフスカヤか、もう、正確ではないのですけど。数学者になったロシアの女性の自伝がとても好きでしたの」

ネットで調べ、すぐそれが岩波文庫の『ソーニャ・コヴァレフスカヤ――自伝と追想』だと分かった。その書評と、ソーニャについてのウィキペディアのページを私はプリントしてえみ子さんに送った。

それらを読んだだけで、ソーニャについて分かった気でいたのだと、私は今更ながら恥かしかった。すぐアマゾンで探した古書が届いたのは年が明けてからだった。

『ソーニャ・コヴァレフスカヤ――自伝と追想』に、訳者の野上弥生子は熱のこもった「序」を書き「彼女はまさしく現代の日本に生き、悩み、あこがれている最も多くの娘である」「ソーニャは長い間の友達であったので、今この翻訳を世の中に送り出すことは、自分の親友を紹介するような悦びを感じている。」などと述べている。この「今」は、大正十三年で、昭和八年に文庫版として改訳されている。私が入手した古本がその四十五年後の一九七八年版十四刷である。かつては多くの読者がいたのだろう。

ソーニャは数学者で世界で初めて大学教授にもなった女性だが、作家でもあった。この本の前半は自伝で、ソーニャがロシアでの少女時代の思い出を描いた「ラエフスキ家の姉妹（ロシアでの生活）」は家族の理解と愛を求める傷つきやすいその少女時代が、ロシアの地方色・時代色のなかで語られている。後半は、ソーニャの没後、親友が書いた伝記だが、古風な翻訳が読み難く残念だった。えみ子さんが深く共感し、一郎に語ったのは自伝の部分と思われる。

二〇一三年十二月、講談社学術文庫から村上一郎の『岩波茂雄と出版文化――近代日本の教養主義』が竹内洋の詳細な解説付きで復刊されている。村上一郎再評価の兆しはこのころからだったようだ。若き日、自らも愛読し、「恋ビトトヒトリギメ」したえみ子さんと心を通わせるきっかけにもなった岩波文庫を、近代日本のアカデミズムという大きな視点から見て、「岩波文化」について批判的に論じた文章が再評価のきっかけになったわけである。

その後、私がえみ子さんの話を聞きに通うようになったこの足かけ三年ほどの間に、短歌雑誌のエッセイに何度か、僅かながら村上一郎への言及があった。昨年には、沖縄の小さな季刊誌「脈」で村上一郎の特集が組まれ、同誌で「村上一郎の未発表日記と『試行』」の連載が始まっている。この連載では、佐伯修が古書店から借り受け注意深く編・注を施した一九六〇年の未発表日記と、松本輝夫らの評論が並んでいる。さらに「短歌往来」二〇一六年十一月号には「ある浪漫主義者の生と死――村上一郎『撃攘《げきじょう》』を読んで」と題して、持田鋼一郎の「浪々残夢録」という連載エッセイで綴られていた。

戦争の責任など誰も取らぬまま長い年月が過ぎた。経済と功利だけが重要視され、格差の広がるばかりの現在の日本に、村上一郎の無垢で不器用な生き方は、鮮烈な刺激に映るのだろうか。

「とにかく、村上一郎と出合ふことがなかつたら、今日の私はなかつたことが、はつきり言へるやうに思ひます。」

「人と出合ふことは、自分が自分に出合ふことなのでせう。」

これは、桶谷秀昭先生から昨年七月にいただいた手紙のなかの言葉である。お宅まで伺い、何時間も貴重なお話を聞きながら、何も形に出来ずにいる私を気遣ってくださった。

桶谷先生が出会われたのは大学の先輩であり、思想家、文人である村上一郎だ。ひるがえって、私にとっての村上一郎は、私がりとむ短歌会で出会った長谷えみ子さんを、崇め、熱愛した男性であり、妻に頼り切る病身の夫で、歌人だった。数々の病に苦しんだ村上一郎にとっては、えみ子さんと結婚できたことが――もしかしたらそれだけが――幸せだったのではないかとさえ思われる。

えみ子さんの、波乱にとんだ長い人生のあれこれを伺いながら、凡人の私はときどき、えみ子さんが村上一郎ではなく、自分でもよい縁談と思った相手、例えば映画会社の重役の座が約束された男性と結婚していたら、どんなに豊かでどんなに幸せな人生を送れたことかと夢想せずにはいられなかった。

だが、苦難の多かった人生を振り返って、出来る限りのことをしてきたから後悔はないと、えみ子さんは言う。その潔さこそ、九十三歳になるえみ子さんの魅力だと、改めて感じる。書きあげたいま、これを書くという目標が、夫の急逝後の私を支えてくれたとしみじみ思う。

「わたくしのためではなく、あなた自身のために書いてね」

そう言って、思い出せる限りを話してくださったえみ子さんに、感謝は尽きない。

「来年三月の、えみ子さんの九十三のお誕生日までに、なんとか本にします」

昨年九月、熱海のホテルで、夏の間えみ子さんの体調が優れず心配していた私は、ひょいとそう宣言してしまった。

この数奇な佳人の人生を書き残したいと思い立ってから、何度も直し、書き溜めた断片は無数にあるものの、どうまとめあげればいいのか決められぬまま本にするなどと言ってしまったのは、自分に締め切りを課さなければ、もう書けないだろうと感じていたからだった。

ホテルをチェックアウトする前に、えみ子さんから手渡された書類袋がある。

「お話しした、佐伯修さんが送ってくださったものよ。佐伯さんにお返しする前に、お見せします。あなたの参考になるといいけれど」

帰宅して紙袋の中身を読んだ時、「ああ、これで着地できる」と思い、そのあとは夢中になって、ひと息にまとめた。それは、エピローグで触れた一郎の恋文だったのだ。

本書はえみ子さんから伺った話をもとに構成したものだが、文責はすべて私にある。プライベートな関わりのある方々は、えみ子さんの希望で仮名にしていることをお断りしておく。

本書は、決して村上一郎の伝記ではない。だが、これを読んで一人でも多く、村上一郎について興味を持ち、その著作に触れてくださる方がいたら、嬉しい。そのためにも、えみ子さんはその人生を語ってくれたのだから。

*

桶谷秀昭先生、岡田哲也さん、佐伯修さん、やっと書き上げることができました。

「作家に学ぶ小説の書き方」講座の小嵐九八郎先生、先輩の野口世津子さん、松本昭雄さん、習作を批評してくださったものがこれを書く土台になりました。厚くお礼申し上げます。

いつも最初に読んでくれる野一色容子さんは、今回、読むとすぐ、出版を勧めてくれ、強く背中を押してくれました。初めてのことにあたふたしている私に、砂原浩太郎さんが作品社を紹介してくださり、その上、丁寧に原稿を読みこみ、多くのアドバイスを下さいました。作品社の髙木有さんは快く出版を引き受けて下さいました。不思議なほど、とんとんとここまで来ることが出来ました。

「りとむの歌人たち」を書かせていただいたことが本書の生まれるきっかけでした。あのとき指名してくださった三枝昻之先生、今野寿美先生のおかげです。そして、加納亜津代さん始めりとむ短歌会の親しい仲間がずっと応援してくれました。本書と取り組みながら、何度、短歌のもつ人と人を結ぶ力、短歌の余慶を思ったか分かりません。

皆さま、改めて、有難うございました。

えみ子さん、感謝と敬愛をこめて、お誕生日、おめでとうございます。

二〇一七年三月

参考文献

自伝『振りさけ見れば』村上一郎　而立書房
評論『世界の思想家たち』村上一郎　現代教養文庫　社会思想社
評論『久保栄論』村上一郎　弘文堂
評論『人生とはなにか』村上一郎　現代教養文庫　社会思想社
評論『北一輝論』村上一郎　三一書房
歌集『撃攘』村上一郎　思潮社
評論『草莽論』村上一郎　大和書房
評論「日本軍隊論」村上一郎『現代の発見　第三巻』所収　春秋社
評論『日本軍隊論序説』村上一郎　新人物往来社
対談『尚武のこころ』三島由紀夫対談集　日本教文社
雑誌「無名鬼」⑴〜⒇及び追悼号
雑誌「磁場」村上一郎追悼特集号　国文社
評論『教養主義の没落――変わりゆくエリート学生文化』竹内洋　中公新書　中央公論新社
雑誌「諸君！」二〇〇五年五月号　文藝春秋「三島由紀夫と村上一郎、二つの自決の間で」佐伯修
雑誌「週刊文春」一九七一年二月八日号　文藝春秋　特集　三島由紀夫の死２「三島由紀夫がほめた村上一郎の文武」
雑誌「ＮＨＫ歌壇」二〇〇二年八月号　ＮＨＫ出版「短歌的日常⒁　あはれ幻のため――村上一郎」関川夏央

対談『歌人の原風景――昭和短歌の証言』三枝昻之編著　本阿弥書店
評論『昭和短歌の精神史』三枝昻之　本阿弥書店
エッセイ『憂しと見し世ぞ』岡田哲也　花乱社
歌集『魚歌』齋藤史　現代短歌全集・第八巻所収　筑摩書房
歌集『山中智恵子歌集』現代歌人文庫　国文社
歌集『現代百人一首』岡井隆編著　朝日新聞社
『三島由紀夫全集　第三十三巻』新潮社
『中野重治全集　第一巻』筑摩書房
評論『禅の語録⒀寒山詩』入谷仙介・松村昻　筑摩書房
『安保闘争――戦後史を創る　大闘争の記録』井出武三郎編　三一新書　三一書房
『昭和史探訪6　戦後三〇年』三國一朗　井出麟太郎編　角川書店
『歴史への証言　6・15のドキュメント』海野普吉ほか　日本評論新社
エッセイ『どくとるマンボウ回想記』北杜夫　日経文芸文庫
エッセイ『マンボウ愛妻記』北杜夫　講談社
評論『明治の精神昭和の心』桶谷秀昭　學藝書林
歌集『風に伝へむ』長谷えみ子　砂子屋書房
評論『短詩型文学論』岡井隆・金子兜太　紀伊國屋新書　紀伊國屋書店
評論『ロマネスクの詩人たち――萩原朔太郎から村上一郎まで』岡井隆　国文社
小説『義民が駆ける』藤沢周平　講談社文庫　講談社

評論『昭和精神の風貌』桶谷秀昭　河出書房新社
辞典『岩波現代短歌辞典』岡井隆監修　岩波書店
辞典『三省堂名歌名句辞典』佐佐木幸綱・復本一郎編　三省堂
歌集『山西省』宮柊二　現代短歌全集・第十巻所収　筑摩書房
歌集『意志表示』岸上大作　角川文庫　角川書店
句集『金子兜太全句集』金子兜太　立風書房
歌集『土地よ、痛みを負え』岡井隆　現代短歌全集・第十四巻所収　筑摩書房
歌集『水銀伝説』塚本邦雄　現代短歌全集・第十四巻所収　筑摩書房
歌集『馬場あき子歌集』現代歌人文庫　国文社
歌集『水の覇権』三枝昂之　沖積舎
歌集『今野寿美歌集』現代短歌文庫　砂子屋書房
評論『岩波茂雄と出版文化──近代日本の教養主義』村上一郎　竹内洋解説　講談社学術文庫　講談社
雑誌「脈」88号　脈発行所　特集「村上一郎未発表日記と『試行』」Ⅰ
雑誌「短歌往来」二〇一六年十一月号　ながらみ書房　「浪々残夢録　ある浪漫主義者の生と死──村上一郎
　『撃攘』を読んで」持田鋼一郎
自伝『ソーニャ・コヴァレフスカヤ──自伝と追想』野上弥生子訳　岩波文庫　岩波書店

著者略歴

山口弘子（やまぐち・ひろこ）

一九四六年、千葉県市川市生まれ。
都立白鷗高等学校卒業。
一九九八年、りとむ短歌会会員。

無《む》名《めい》鬼《き》の妻《つま》

二〇一七年三月一五日 第一刷印刷
二〇一七年三月二〇日 第一刷発行

著者 山口弘子
装幀 小川惟久
発行者 和田肇
発行所 株式会社 作品社

〒一〇二-〇〇七二
東京都千代田区飯田橋二ノ七ノ四
電話 （〇三）三二六二-九七五三
FAX （〇三）三二六二-九七五七
振替 〇〇一六〇-三-二七一八三
http://www.sakuhinsha.com

本文組版 米山雄基
印刷・製本 シナノ印刷㈱

ISBN978-4-86182-624-5 C0095